Chinese Poetry

Chinese Poetry

Chinese Poetry

2019 · 3

Chinese 汉诗 Poetry

我们生来就迎风招展

主编 张执浩

長江出版傳媒 | 长江文艺出版社

Chinese 汉诗 Poetry

名誉主编　邓一光
主　　编　张执浩
主编助理　林东林
编　　辑　小　引
　　　　　艾　先
编　　务　万启静
艺术总监　川　上
美术设计　杜　娟
封面设计　祁泽娟

根号二书籍设计工作室

法律顾问
金　岩（湖北今天律师事务所）

卷首语

我从小怕死。想到要死，我对父母就充满了愤怒。我怨他们恨他们，生下了我，给了我生命，又把我抛入深渊。后来我知道这一切都是一个说法。所谓生是一个说法，死是另一个说法。我虽然不信这些说法，但我却相信了说法本身。只是现实不是这样的，现实是想死就可以死，但不想死就非常难。这几乎是人类的极限，以这样的极限对抗死的绝对无限，他们说这是根本的不可能。我信。但我又不信。我发现这样的安排，它的可能与不可能，其实也是一种说法。在语言建立的语言系统里，它是不可改变的。但事实是除了语言的语言系统外，语言本身还有语言的诗歌系统。语言的语言系统是以语言的意义为主体，而语言的诗歌系统，却以语言的声音为主体，它所反对的，恰好是语言的意义核心。

所以，对语言做诗歌的运用，语言的意义就越来越小，直到最终没有。如果没有了这些意义，比如死啊、生啊、痛苦啊、温柔啊什么的，世界也就没有了这些麻烦。

当然这是不可能的。

可能的是这样，我们时时对语言做诗歌的努力，我们就可以改变语言的意义属性，让它朝诗歌的属性发现。当然这必须是我所倡导的“废话”写作。如果你还是执念修辞、表达、抒情这样的语言属性，你其实还是深陷生死之中。

我们不能改变生，我们也不能改变死，但是通过我们改变生死的语言角度，我们可以改变生死的属性。这不是让存在的不再存在，而是让我们需要它存在的它存在，我们不需要它存在的它就不存在。我认为。这就是我每天写作的理由。更进一步说，这就是我写言之无物的诗歌的理由，它为我带来无限生机。

目录 contents

目录 contents

本期图片由林东林摄

开卷诗人

Chinese Poetry

Open Page

Open Page

尹丽川
作品

Yin lichuan

推荐语

尹丽川的诗歌中有一种异常强悍的自我觉醒意识，这在她早期的作品里已经体现得淋漓尽致，对峙与和解的力量充盈在她的那批作品中，尽管时有剑拔弩张之感，但总令人过目难忘。许多读者对她随后一段时间的疏离遗憾不已。现在，当她再度以诗人身份回归诗坛时，我们欣喜地看到，那位情绪饱满情感真挚的尹丽川并未远去，摆在我们眼前的这组新作依然充满了夺目的语言才华，只是平添了些许沧桑，但于沧桑中灌注了日常生活的热情和冲淡。

（张执浩）

尹丽川一直是我很欣赏的诗人，能读到她消失一段时间后的最新作品，其实是很兴奋的。仔细读下来，我自己感觉：她是在后退的。这种后退也许是直接回到最初写诗时的状态来感知些什么，也许是“看山是山”后的“看山还是山”，我无法做出判断。从我个人的愿望出发，我愿意是诗人自觉的一种回溯，在这个回溯的过程中，不再有对他人评判的在意，不再有功利性的任何影响，涅槃重生，从而最终达到我手写我心的状态。

（艾先）

再一次读到尹丽川，越来越安静的感觉，和她早期锋利、尖锐的态度有了许多转变。或许这是人生的必然，当我们从撕裂转为融合时，诗中逐渐弥散的，是另外一种更深刻的对人世的洞察。而这种洞察中，有怀念，有善意，也有伤感和情真意切的平淡，“想去革命，也想分手”，这是一个优秀诗人关于内心的真实写照，也是她敢于直面自己的果决和勇气。这或许还是她企图告诉我们的——青春给我们的，除了伤逝还有忧伤的快乐。

尹丽川说，“生命总是在好人的微笑里道出了悲凉”，这是真理，也是现实。当许多人越来越老的时候，尹丽川想返身回到童年，回到童年肯定是好的，我知道，只有回到那里，才能走向四面八方。

（小引）

伤逝

你低眉浅笑
你青春的样子太美
满目烟火自弃
而我已是
落泪时需忍住
上楼还要
辅导作业的人生
今天上午
十一时零九分

致女儿

就像鲸鱼和火山
你们总唤起我一种强烈的情感

我正在经历你们的童年

这是忧伤的快乐
这是百年孤独
这是红楼梦和窗边小豆豆
这是一个人在淡蓝的海边
吹起了口哨
念天地之悠悠
光阴有海风潮湿的咸味

青春

有些夜晚像下雪的夜晚一样寂静
心事也纷纷扬扬，有如细雪
活在人世

我们是烛火融于灯下
而每当时光坠入旧时光
那些温柔的情景就重现
你在月光下大声歌唱
眼里闪动光芒
每道水纹都泛着月华的鳞片
青春是一个混蛋的好心
是铁渣中的黄金

这次很快乐

一对老夫妻送另一对老夫妻
送行的老头，抱着一箱水果和一箱牛奶
一直抱着，直到过检查关口，才把两个箱子放上传送带
两个老头对望，伸手握了一握

被送的老太太，忽然道：这次很快乐
送她的那个老太太，就拍了拍她的肩
用手拈去被送的老太太毛背心上不知怎么粘上的一根线

他们挥挥手就此别过，都没有说再见

所有的绿

成为一个摇滚歌手
和当一个银行职员有何分别
四十岁上
都会离婚
都为孩子教育烦恼
纠结于何时移民
遗憾地发现
二十岁时恨的

和四十岁时爱的
差不多是一回事
当然还都会信佛
藏历马年
去冈仁波齐转山
看见一个老牧民
在途中往生
有那么一刻站在了远处看自己
又用尽一生去融入此刻
世间所有的绿都绿进了一片叶子
即便如此
我们还是不关心宇宙

别后

——赠M

我知道青春碧绿
我见过万物金黄

朝东是明日
朝南是过往
朝西是极乐
朝北是星辰

你在火车上读着诗集
沉沉睡去

念想

我想住在依山傍水的屋子里
我的一些朋友
正住在依山傍水的屋子里

我住在
依山傍水的念想里
我也住过依山傍水的屋子
无事可干，再没有念想

是谁讲了一个笑话
——纪念故人

一张十五年前的南京旧照里
不知谁说了个笑话
大家都笑了
当中一个大笑着的
叫外外
一年半前　骤然离世

那夜之后
几个朋友送我和阿美去机场
外外亦在其中
路过扬州岔口
毛焰开错了路
又不知谁说了句
不如一起，去扬州吧

那时也并不很年轻了
也许正因如此——
心无挂碍　齐上扬州
一路喜悦　稚童逃课
心如旷野　举目光风霁月
老韩认真地讲
就这样吧　不回去了
就此成一种族
随念而行
四海为家

十几年后　外外离世
留下千行
生前不曾被他的诗人朋友们
读过的诗

当年我们若继续东行
族群可会昌盛　还是凋零
可有税赋　抑或移民

我印象中　外外温和
总在微笑　可印象永错
照片里　他正大笑
到底是谁　当时说了一个笑话
令所有人都在笑
一定、真是
真是太好笑了

道德

我这样的道德观
搁群众的汪洋大海里
是要被游街的

藤蔓在生长
鸟在飞
一首曲子找到了它的创造者
光线下灰尘飞舞
彼此翩翩如故

世有一善
就必有彼善
也有一处被此善欺压的恶

蝼蚁叫喊着封杀
妇女痛恨着少女
穷人们嫉富如仇

我的道德观是
花自开水自流
我被游街之时
你们也随后将至

四川女人

我的母亲以勤劳著称
两小时车程上下班
回家还是她做饭
家务更不必说
三个孩子
上中学才买衣服穿
之前都是亲手密密缝
而父亲每周只有两次课
但是父亲高蹈
只问国家社稷

可母亲不如外婆
外婆养育了十个子女
还没耽误打麻将
又继续抚育子女的子女
还是没耽误打麻将

而我有了两个女儿
请了两个阿姨
依然是兵荒马乱人仰马翻
一边以当代女性的词汇抱怨
一边惭愧强悍基因的流逝

我想念我的外婆
大学时走在约会的途中
听到她离世的消息
那是一个夏日午后
阳光炽烈，忽然沉甸甸的
似有了轻微的重量

诗人

食指在左，芒克在右
北岛在中间
三个诗人坐在我对面
经历过某种年代
每一株花草都是有立场的

慨叹过礼崩乐坏的今朝后
食指朗诵了一首旧诗
手指轻颤，醉眼闪着星光

年轻是一片树林
不变化的人得永生

北岛仍是我少年时想象
和十几年前见过的形象
一位中学老师
清瘦、朴素，总值得信任

有一瞬我觉得自己太苍老了
和芒克一样

芒克满头白发
养着五段婚姻育出的四个孩子

别人夸他时，他一定就低头自嘲
维持着某种不被看重的体面

无题

生活显出父辈的风貌
而我们并没有子嗣

有子嗣的夫妻携手回家了
那是我的男人，我的女人
他们普通又疲倦

清冷街，红灯笼
大家遇见时嘘寒问暖
别时也依依

生命总是在好人的微笑里
道出了悲凉

而每个好人都如同洪流
裹挟着我们向前

少年游

我想和你一起
在被弄干净的城市
做一回少年
而不是和你
在被弄脏的乡村
回忆童年
没有童年
五岁前的事情

从没发生过
我们生来就迎风招展
上了小学
上了初中
上了青春期
上了当
上当又还有救时
最快活
坐在街边台阶上
那满满的风
满满的心事
爱恨和雄心
溢出来的少年愁
真是天边白云一朵朵
世界都低头
在我们的掌心开出花来

平原

生活一马平川
不再有涟漪、险滩
也不再见高山

生活就像平原上生活的人
朴实又狡黠
佝偻着背
目光炯炯
一切都熟悉
都已然发生
我们辩不过这些人啊
可他们又赢了谁

爱情

像草书
像点彩
也像五四

身不由己
心似旷野

兴奋又慌张
你到底爱不爱我
这队伍方向如何

这游行的时光如梦
这午后的一梦漫长

重逢

山西侯马去了内蒙古
茫茫大草原做官
唯山东轩辕还叫我“丽川”

巫昂送我她用过的口红
又美国又民国
为何你什么都懂

南人还在航天部当干部吧
永远穿那件蓝色T恤
难道我们从不曾在冬天相见

小沈依旧貌似入戏
不争执时只嘿嘿干笑
无须再演，你就是个深渊

税务局的盛兴啊
莱芜卡夫卡
你说小尹你一点没变
而你褪了童真，更似少年

谁也没变
甚至面容也没有变老

更没有变得平静！
个个仍是火盆火炭

这就很可怕了
就很值得

我不想看到在山中静坐的仙
我喜欢我们都满怀缺陷
不悔改不松口
这些错了也不认的人

好吧工商局的领导
轩辕轼轲先生
再过二十年
我们来相会
春光多么美
滔滔黄河水

漾

时光荡漾人心
我只记得美好的事

还记得一些
不曾经历的痛苦

如微光下的水纹
暖风中的荒草

“晚霞中的红蜻蜓
桑树绿如荫”

每个人的手心里
都握着一片真相

可真相如冰
握紧就融化
松手亦不得

牡丹
——《后革命时代》

在一部纪录片里
我看到所有人
你们的女孩
我们的前夫
前世的兄弟姐妹
未来的战友和敌人
彼时每个人都好看
都穿着缤纷衣裳
都爱讲笑话
都笑得哈哈哈

我听见光阴
圆心静止
半径流淌
暖气舍不得烧
电扇坏了一叶

房东在窗台养了几株牡丹
四周是时代
车马滚滚向前

只有在夏天
才能又穷又快活
青春霁月
啤酒是黄金
黑夜是白银
音乐是灵魂的暂住证
二十块的演出费
清晨的微光好美

黄昏时细雪纷纷
我们彼此对望
想去革命，也想分手
那是广袤的一刻
那时我们最热爱人类和生活
牡丹和你
都是亲人

无尽

瓦檐下落雨时
一滴成线的水

秋风里唱破风歌
一问一答的壮志

活在古意与现代之间
真是焦灼啊

看堵车似望山河
人间尽是比喻

百定安
作品

Bai ding an

推荐语

百定安于当代诗坛来讲，或许还是一个相对陌生的名字，但他已然具有非常雄健的诗歌功力，语言老道，充满思辨的力量。他的许多诗歌都似乎在陈述一桩日常生活的镜像，但细节饱满，语速张弛有度，情绪控制得恰如其分。如此沉潜的写作者正是汉语诗界期盼的。

（张执浩）

从这组诗歌来看，百定安是个勤于思索的诗人，他的文字里体现出的是他所提纯的生活及他所提纯的思考。因为是提纯的，所以他所呈现的生活场景和他的一词一句都经过了他自己的想法的打磨，也正因为如此，他也就有了自己的叙述的节奏，这种节奏往往是断断续续的，读起来比较硬朗而且一以贯之，这可能也是一种鲜明的自我风格。

（艾先）

百定安的诗，有老派的风骨，也有年轻人的锐气。这是我对他的第一印象。扫描了一下他的词库，他擅长调动的词汇是神、尘世、圣人、灾难、牺牲等等，这似乎暗示着，一个老派的诗人推动情感的原始动力是宏大和抽象的。他偏爱在虚空中总结出某种价值判断，但仔细阅读之后，并非完全如此。我在他的诗歌中又发现了青菜和黄骨鱼、蝉鸣和鸟叫，这是一个诗人必须具备的，在抽象和具体之间来回穿梭的能力。

“灯光只是一小片发亮的根据地”或许是白安定对现实世界的描述，但我以为，这更多的是对一个诗人内心的刻画。当我们面对茫茫的无法触摸的黑夜时，唯有怦然心动的声音，才能让我们能感受到诗的纯粹和生命的真实。

（小引）

无题

现在我经常要写下“无题”。可以命名的
事物和情绪愈发稀少。或许
这些原本不能概括。我每次写下
“无题”，都要扶着这两个字
歇息一阵。我们做过许多但
都没有名分。

岁月的砂纸无言地打磨着附近和遥远之人。
他们尚未来得及走近
就显出老相。哪一尊佛
不会坍塌

夜饮

昨晚我和兄弟们喝酒。夜
降入杯中。挂在杯壁的酒滴
透明地沉默着。
深海鱼睡在盘子里。花蟹
仍保持着振臂一呼。
被点燃的冰，在它们身下
嘶嘶冒烟。紫苏不会想到
某日会覆盖一段冷冻的肉身。
打鱼人说到南海和印度洋
让我想起欧内斯特·海明威。
他手头的刀子延长了胳臂
所有的鱼都被切成了波浪。
死亡使一切温顺。
我们若有所思地看着，近似
悲悯的圣人。

在某寺

果子放进祭器，就属于神。
神，都是经过死亡的人。

被雨水洗礼过的石头
都是南无阿弥陀佛。
它们的体内
堆满沉睡的舍利子。

炎阳下，缩小的人们
站在自己的一坨影子之上。
儿童不明上香的意义
待他跪下，腿就习惯了弯曲。

香烟，像攀援而上的祈语。
我们各自向神讲述了自己
然后唯物主义地咬着一根老冰棍解渴。

菩提树上的风净持多了。
叶子彼此抚慰，发着光。偶尔
有几片落叶
回到尘世。

无字之书

天地辽阔。高挑的天鹅
啜着黄河。
浪子翻腾，从来不需摆渡。
我见过摆渡人
在高高的山峁远眺
佝偻的身子站成一尊泥塑。

酸枣树谈不上什么青春
最伟大的狼群已经绝迹。
在黄河上，不能谈论历史
在黄河上谈论历史
乌鸦们就会堆砌而来，在
沙滩上分配黑暗。

秋深

秋风吹送，树木骨感
两个穿牛仔的诗人
拨开荒草而下。
两个诗人，两头饿兽
像两个失败者
各自戴着一顶
无用的草帽，走下山坡。
你知道
所有的失败者都大同小异
所有的失败者
都带有几分衰败的傲气。
山上的活物越来越少
他们的头颅越来越大。

向晚

向晚，江面塞满了汽笛
我用一天的时间才看清
船头站立的人；
街头渐渐稀疏，
泛起片片浓稠之色。
坐在阳台上喝茶，荒芜
有些高出人群的恍惚。

路过的人纷纷长着
薄白的脸
他们在家门口，分别
撞见自己的爱人。

很快他们将围火烧烤
庆祝
这重复而多余的一日。

一日

电梯仿佛半拉子通天塔。
我住7楼
你住23楼。我们住在人间。

现在我们做午饭。沸腾的水
掀起欢呼般的狂热。青涩菜蔬
带着贞洁的欢欣
开在掌心。
十八子刀是上等钢打制的
但那些锋利其实我们很少用到。

送外卖，送蒸馏水，送快递的人
都是一副紧急劳动的眼神。
对面邻居装修房子。一个
墙壁打钻的男人，突然听到
一声尖锐的痉挛。

案板上，青菜和黄骨鱼都被动了刀子
成熟和鲜美其实极其危险
它们使我相信，某些偶遇
既是一种可能，也是一种牺牲

月下独酌

我坐在月亮下喝酒。端午节
喝酒声，如吞声的哭泣。

我拍拍身上的草芥站在月亮下。
身边的小树要是一个人就好了。

夜宴

无论走多远，都在黑暗里。灯光
只是一小片发亮的根据地。
在建的高楼，仿佛无人问津的废墟。
长臂吊架，站成一座十字架。
喝酒途中，云朵剧烈翻滚。
清醒总是早于醉后。

进来几个陌生人。他们的脸被
白炽灯揉得发白。酒桌从不嫌弃
阴谋和阳谋。空瓶子越来越多
还有豪言壮语。我感到围坐着的
也是一堆空瓶子。

墙壁上一只断尾的壁虎盯着大家。
头顶盘旋的蚊子像一种眩晕。
我们浓缩在一把把交椅上。
酒鬼喝着酒鬼
液体冒着火焰。
说话的热情
高于不说话的热情。
一群扭曲的影子
打乱了玻璃的沉静。
黑暗堆积，但始终没有破门而入。

文创中心最高处的钟楼
被撞击的时间拖着尾声
缓慢移向另一条大街

他们说，不眠的人想必都要听到。

逝水

夕阳落水，河流色泽迷乱。

鱼群箭镞般举出水面，呼吸的动作，如闲言碎语。
这是暴雨前它们的苦闷。

我伸头看那些涟漪
小小的，圈着我和一条鱼。

垂钓的人一个没来。
河流里有很多彩虹。胭脂里
我在变形。

那个头发白了一半的人，逝水旁
已站立了一个时辰

忽然想到李云建
回老家做了村委，听说是村长

卡尔维诺

晓来山鸟闹，雨过杏花稀。
——（唐）周朴

此地无杏花。有大雨来袭

吹灭一天鸟鸣。
它们躲在哪里。
倒是蛙声，凑合着
闹响一池哑水。

我在阳台上陪读卡尔维诺
他说，我会告诉你你想知道的一切
但从不告诉你我的真实。

鸟儿又叫在艳阳里
可我不知道它们是不是
一群卡尔维诺

晨

现在，只有几声鸟叫和一树蝉鸣。
蝉，也在我的双耳，不分季节地叫。
大地上的人们早早醒来
赴会，应约，开车去远方。
有的奶孩子，有的读中美贸易，
有的
从梦中爬出，坐在随便一棵树下
打盹。

我劈开一条石斑，它面貌和祥
仿佛这一生从未有过
委屈、疼痛和挣扎，也不会因为
死亡而泪流满面。

无题

沿着河岸远行的人
身子越走越小

越走越小
仿佛挂在天际的一滴哑泪

雨水几日后

作为诗人，能干些什么。树上是鸟
树下是种草莓的人。
寂寞长空，塞进一群乱语。
我分辨不出它们的品类
一如我弯曲寄居的诗坛。“所有
热爱飞行的
只需要一片宽阔的树叶
就能安静地过夜”
李不嫁和我都曾误读过这个世界。
我一直相信，所有的鸟都筑巢
跟我们北方的乌鸦一样
它们的茅屋终将为狂风所破
跟我们古老的杜甫一样

头顶绿冠的草莓白白地早熟。你看那
种草莓的人。他的脸上挂着乌青
他的屁股上蘸着草芥

几只鸟交叉飞过草莓园
像几行失意的狂草。我们并排
在树下坐着，抽烟，乌青。

黄昏

隔着城市中心宽阔的马路隐约看见你。
星子塔之下那么矮小。你抽烟时
烟雾那么软弱。
这是我猜测的。

穿过地下通道才能走过去。
10分钟，不长，也不短。
一趟地铁同时惊慌驶入
然后匆匆离开。
车窗上的脸庞犹如磨砂过的幻觉。

各条道路分配着城市人口。
广场上堆积着GDP似的霓虹灯。
我走近你
而你愈发黄昏。

你那么小，那么混浊
只比灌木隔离带高出一个头颅
你回首的动作
像我敲打的诗句突然回车
然后结束。

去海南

穿过琼州海峡，椰树
已高过落日和海南。
这次，我要拿走天涯和海角两块陨石
用曹冲称象的方法
衡度古往今来的海誓山盟

隐私

对神祈祷的人
满腹俗事烦恼

他走过他的全世界
碰见许多人

他真的熬不住了
但他相信，那些脸庞中
有一张，要背叛他

他长跪不起，忏悔了一下午。
血色又回到脸上。
神一直看着他，不说话
面无表情

玄鸟，或曰怀人

是的，昨晨，我听到了一次闻所未闻的鸟鸣。这么稀奇，如一种穿刺!
我披衣下床，贴窗侧听
宫商角徵羽
它吐着哪一个音阶?
在哪一棵
被夜涂黑、发凉的树上?
这是一只什么鸟?
什么曲子
要这样一节节喊完?

五十年来唯一的一次。今早已无。
今天
那只苦吟的卓越诗人
肯定又回到了《山海经》
在某座荒蛮原始的神山上。

我咀嚼着那些声音
它们多像街头一段吟唱的开头
多像，白血病人骨髓呼吁骨髓
多像十年赶路
仅只要说说屋檐下的一阙孤哀

一只清明时节雨水般黏稠的鸟
谁能再找回它

仅有的来，在我的窗前——
似笑，似哭，疯着，兀自着
难道为了印证
某一棵树是否活下去，为了检验
人世中或有一个怦然心动的知音？

梦魇

梦见一个人把重要文件丢在了敌占区。将军呵斥他，要他从火里取出来。
这怎么可能？一个黑暗的比喻
怎能因为一次大火光明起来？

也许昨晚浓茶喝得太多，也许昏沉中
看了一段加缪。梦见一个人
脱离大众，被一列火车撞裂。
血液轰鸣如身体起火
身体碎屑如群鸟惊恐
这是混乱时代某城唯一带电之人

梦见一个女人在百年车站候车室的玻璃窗后面看我。古罗马雕塑般的眼神。
那么美丽，怀里抱着泣婴。
在我夺路途中第三次遇见她时
她说，小声点，我是奥斯维辛人。

梦见那个丢失重要文件的人是我。梦见恐慌，双手拱起话筒，呐喊，失语；
落荒而逃，又寸步难行
惊醒发现，一条抽筋的腿进入梦境
对于跑出恐惧，它毫无用处。

嵇康

活着，其实很简单
一首诗，一坛酒，一只琵琶
已经足够。
倘若再加上一片竹林更好
剩下的，是鸟儿们的事

诗选本

Chinese Poetry Selection

李以亮 的诗

LI YILIANG

穿山甲

在无力避免的白日梦中
我看见自己长出
一身厚厚的盔甲
迎着冰凌
或箭镞似的目光
勉力穿行于沉默的深山
沟壑和河流
不知从哪里来，到哪里去
是的，我常常在无力避免的白日梦中
钻进私设的地洞
仿佛穿山甲
仿佛幽灵
避开日照和雨淋
匍匐着，或远远离开
凭一己之力
穿行于沉默的深山、沟壑和河流

药丸

医生夸大了我的
病情。他所设想的疗程
其实只需走完一半。我要说的
是这些，多余的药丸
现在它们可怜兮兮地
失去了归宿，好了伤疤
我还应该记得，这世界的疼
跟我的相似，却又不同

我不知道，此刻
哪个角落正藏着
我听不见的呻吟
悖谬就在这里：有的症状
找不到对应的药；有的药
又不能及时赶赴
它对应的症状
我怀揣药丸，希望
出现一个下家
而这看起来，似乎有些居心不良

看见麻雀

> 有人问一个到过几个大陆的旅行者，什么是最不寻常的？他的回答是：无处不在的麻雀。
>
> ——扎加耶夫斯基《另一种美》

在枝头鸣叫，或者跳跃
羽毛灰暗，愣头愣脑
在冬天，只有麻雀
使我倦于季节的眼神警觉

我还不甚了解，在飞翔的
种类里有哪一种鸟儿
是它的同类，一起
守望过，这空旷的风景

穿过一季的风寒，小小的生灵
在枝头，鸣叫或者跳跃
当我缓缓靠近，便又倏然
飞起，消失在天空

你，一个人

一个人洗手，水太凉
一个人睡觉，床太宽
一个人照镜子，还是一个人

一个人进入集体，被集体暴露
一个人喝酒，仿佛自我惩罚
一个人，抽烟，看烟消云散

一个人走进风里，四顾茫然
一个人白刀子进红刀子出
一个人，独自把自己领回

一个人看书，跟上帝谈谈事情
一个人说话，把话关进黑屋子

最后的大象

在干燥的季节
雨水
比眼泪还珍贵

它厌倦了那些
怯懦的豺狼
从不放过
一只
迷途的羔羊

对水源的怀疑
瘟疫一样
在象群中间蔓延
它厌倦了
同伴

同伴们的虚无

它早已习惯
不尽地迁徙
生命
就是迁徙的旅程
现在它老了
它寻找
沼泽
能够收藏它的深渊

语言

1
我不相信语言的避难所
无论神仙的，还是诗歌的

我也不相信精神的按摩术
无论爱情的，还是哲学的

2
你的语言
你的精神的表情

不要站在语言前面
不要挡住语言的光线

3
不要试图做一个好人
不要用语言行善

不要试图做一个坏人
不要用语言逞凶

4
我不站在物的一边
也不站在词的一边

白天我在活人中间死
夜晚我在幽灵中间活

雨季

季节多雨。迟疑散发霉味
独守一隅我有一杯自己酿造的苦酒

一切都在加速进入轮回
南风猥狎
花蕊凋零
雨点漫飘……

万人空巷，只为良宵一刻
千人一面，原是殚精竭虑之疲惫
孔武刚毅血性消弭于岁月空穴
谁怯懦谁遭遇崇高？
谁踌躇谁画地为牢？
我自觉难言之隐不过自作多情之轻佻？

这原是一个消费的季节
我何多情，我何执迷？
生之精义仅在意志燃烧而我
唯期待你投掷那一粒星火

我感觉困乏而余血尚温
我从来不曾如此爱
从来不曾心存奢望
我信奉爱的热力学
我信奉它对抗虚无的微妙原则

是的，生之甘美酸楚
仅在尚可牵肠挂肚
请别问我，何以有情何以执迷

一枚钉子

它锈在墙上，成为锈的载体
它的突出，已没有价值
它的存在，只是一个污点

潮湿的日子，它也发炎
溃烂。它，应该被取消

一只虎口钳，没有让它后退
一把铁锤，持续的敲打
终于使它彻底消失于墙体

贫穷

我们只给得出能够收回的东西
我们只收得回已经给出的东西

我们交出随时可以收回的东西
我们随时收回已经交出的东西

我们再给不出我们想给的东西
我们再得不到我们没有的东西

在夜的那边

在夜的那边，是明天
——这里没有象征

一双合脚的鞋子，在床底
一份成色不错的早餐，在早餐店
喜欢不喜欢的
许多工作，在夜的那边

提前获知，还有
一份会议的通知
一单预计到达的快递
一个新来的实习生
将要加入，在夜的那边

此刻，它们或他们
以缺席的形式存在着
可以说晚安吗？
或者
明天见，明天见！

而我知道
这，并非明天必须到来的理由

孙秋臣 的诗

SUN QIUCHEN

雨

父亲说：未来一周会有两次大雨，
降水量会超过一百毫米
他说的语气，像个气象专家

跟他去田里给棉花掐顶的时候，
他看着四周的玉米地：这玉米地
多好看哪，就像红公鸡，绿尾巴
是啊，雨水让庄稼地鲜艳了不少
多雨让植物活得鲜艳，却死得早

父亲担心一年的收成，多余的雨水
就成了他的心头事。对此，他却说：
家里一囤麦子够我跟你娘吃一年的

他对雨水做了最坏的打算

故我今我同为一人

在你回来之前
我等不到谁

未得到你的应允
我不能擅自离去
而你都做了什么
你从不让我开心

不管多么合适的夜晚
你对我的宽容不会超过一天

你说：人生有什么意义
万物在我眼里也失去娇宠
我跟在你的身后，却无法同你交谈

这个房间只有我
永远只有我一人
我从未如此厌倦
连你也不想等

我以一个诗人要求

我以一个诗人要求
要求一棵树
要求树上有迟去的冬鸟
要求黄昏时花香浓
要求一个诗人死在春天
她不责备春日迟迟
她责备爱

我以一个诗人要求
要求一匹马
要求赶马少年弃置缰绳
要求一片饮马河畔
要求一个诗人垂泣长河
她不责备流水逝逝
她责备爱

我以一个诗人要求
要求寂静从遥远归来
要求一条从无人走过的路
要求现实中人，你从我身边离开
要求所有人抛弃我，一个祖父死而复生

翻山越岭去见一个人

在山上
即使一个人奄奄一息
也不会有人等着他死

乌鸦飞来的时候
我们都神情肃穆

在山上
一个人死去
就像是下了一阵雨

风涌起在青青竹林
棺木坠入无尽尘埃

在山上
坟畔常常是青葱岁月
那么多绿，从不荒芜

无题

我还能为你写么？
如果为了抵达，
我该写一封信。

一封信，
我不能尽诉日常。
一首诗，
我不想称为情诗。

为此，我积蓄心力，
每每有重大付出，
却止于半途之上。

把所有诗人的诗平铺下来

把所有诗人的诗
平铺下来，
就会知道
他是怎样的人。
一袭新的皮肤，
能不能完全地
遮住他本身，
会不会变成
一个猛兽或小动物，
有没有巨齿，
还是咬舌为生，
除了那些突然中断的，
在雨水淋湿过的皮毛，
不能覆焉，
所有的诗人
都要多出一小块，
我考虑称它为锦图，
也是劫后余生。

水击风铃

在堆满杂物的小屋，
看到一只保存完好的风铃，
落灰是一定的，还有褪色。
美好的风铃，像一个花环，
戴上它，你就会成为最漂亮的女孩。
我们曾经站在有花帖的镜中。
而外面有更自由的空气，
我们随时可以放下剪刀，
如沾着草屑的西瓜，
摔烂了，而生来不是为了愈合。
如果有一天，我们秘密地生活，

就把风铃收了起来，学会储物，
如果有更大的秘密，就走到水边：
走了这么久，才走出了家门。

以防灵感有变

很多次，我都想
提早结束这一年了，
用最后一首诗，
告诉诸位：
不会再有了，
不必等着瞧了。

我需要打水漂的日子，
作壁上观，以儆效尤，
就像我明明需要时间，
却又倒立了沙漏——

未来四天有雨

一只白鹭在雨中迷路，
它不知道今天下雨，
明天下雨，后天还要下雨，
雨把日子扎成了一束，
四野，无法看清的将尽，
我们在坐标中，在雨中，
在未来的几日走来走去——

花影

在路口，等捉蝉的父母回来，
一辆现代车辆在夜间驶过，

它的光芒把农作物追赶在墙上，
追成花影的乱，又快速地
像把影子扎成麦捆一般，
整个过程不会超过三秒钟，
我的花影也落地，在世上，
再见不到任何一只果实，
在原地，我仅仅做一次回头——

现实先生

青年去拜访
现实先生，他是热的，
像沥青铺在马路上。

一束光被灼伤，无力反射回来，
只看见青烟，
在中年的沉思中。

脚印像小小的雏鸟，
天真而无畏，
声音来自饥饿的记忆。

轧路机终于压过来了，
有一个盲点，
总是压不平。

“我对现实不感兴趣”
但现实先生把刀递过来，傲慢地说，
你杀了我吧。

现实先生的行为艺术，
有蒙娜或丽莎的微笑，
有文身和络腮胡子。

“上一秒我也相信爱情
但这是下一秒。”
现实先生数钞票的速度快于超现实。

你一旦羞愧，

现实先生便永远以你的恩人自居。
“理想下凡，成为丐帮首领。”

夏天还没有过去

我和你在一个夏天见面
你以老师的名义，教训我的
阅读和历史的想象力。

你将瓶口朝下，
倒出几只垂死的乌鸦，
瓶子，现在是唯一的。

你要向我证明，
那一次，百年不遇的暴雨，
装满过这个瓶子。

你提前吃完了今年，
不得不去借东风，
但夏天还没有过去。

学生在阳光下中毒，
裸泳也排不出毒素，
写情书，错别字又太多。

田野绿得可以藏山中的马，
乡村的破旧窄路，
落日渐渐走进了一座新坟。

意外

我曾经在大街上，
遇见猛兽。
它有足够的压力，浮起乡下人，

让声音变细。

好像体内满是塑料花，
好像拖拉机上的春天，不是春天。

月光，被一本书
对折了一下。
风在炊烟中签名，意味着
梦已经被抛弃。

手指一个接一个，
在衣服口袋里默默爆炸。

谁还能能理解，
指甲里的世界，
这轮回中的一粒沙，我听见
坏人也在读杜甫。

被雷击的人，居然没有受伤
唯有眼镜掉在了地上。

翅膀书

翅膀上写诗无用，
因为天空永不悔改。
在两面镜子中，
乌云又聋又哑。

看见窗外的车祸，
鲜血把一个人抬高。
你下楼的速度，
快于急诊室的医生。

虚无的大街上，
流水的担架来回穿越，

你选择沉默，
但汉语适合痛哭。

嘴唇在春夏之交也无用，
因为亲吻只是幻觉。
大江大河在你眼前翻滚，
你的背后并没有孔子。

你只能像一本旧书，
把自己打开在无名客栈。
你把翅膀送给老板娘，
不再过问天上的鸟事。

蓝色日记

公鸡鸣叫的时候，
后园的井里，
地下水正通过潜水泵，
说出黑暗的秘密。

儿童学习观察
一条蚯蚓，断成两截，
从相反的方向，
如何形成整体。

你说的悲哀，
也可以当饭吃。
我的墨水孤绝地留在白日梦中，
写蓝色日记。

中文系的才子，
回到乡下过年。
一边看新闻，一边杀猪，
猪血也成为君子所爱。

身上有一座寺庙，
我闭上眼睛就能听见两种声音：
一种是落叶的声音，
一种是扫落叶的声音。

一双绣花鞋

人群中找到绣花鞋，
你不再追问，我去过
野兽中间，你停下来
等我把舌头探入弹孔。

有一天，你决定了，
在严肃的会议室融化自己。
你已不认识我的嘴唇，
麦克风掀起冰山一角。

蚂蚁在乡村的朽木上，
你的脸在医院走廊尽头，
苍白如花。“痛苦如同
夜夜梦见旧社会。”

我允许你在高压塔下
兴奋几天。“拆吧，
一堆羞涩的骨头而已。”
越来越小的人在水底。

遗忘了你前面的一百年，
你已不在杏仁里面。
向世界递出的那一只手，
刚好伸进了狮子口中。

在恒大广场，看喜剧
人群可以复制，空中

无人机和有人机在争吵，
做人不如做一只燕子。

自我的迷宫

河中石头有圆润的美，
为了配合肉体与金钱。
我感到有人躲在石头里
一点也不安全。

这自我的迷宫，
多像某人的脸。

我在地铁口过安检，
小刀像宠物一样无辜，像一匹
白色的小马，
安检人员微笑着将它的腿折断。

它必须跪着从另一个甬道，
去亲吻红与蓝的打火机。

有人曾经把死亡，
命名为艺术。
我穿过一个废弃的粮食市场，
走进一家陌生的餐馆。

算命先生也不知道，
我吃包子还是吃面。

幻象

流浪猫，仪表古朴
在新的柳枝上说，

我已经快要变成人了……

多数人的春天，如初相见
紧张得像哑巴，
命运把功课做到滴水不漏。

桃花丛中，十面埋伏，
谈道德的知识分子，
梨花树下照样谈玄。

一堆传统的玻璃碴，
已经快要突破红与黑的界限，
你有赤脚的历史。

另外的颜色披在身上，
是否构成新的耻辱，
锦衣夜行，在文字中失眠……

一只有理想的猫，
即使春天还在路上，被坏人押送，
它依然想变成好人。

迟到的一封信，
饱含个人和时代的恩怨，
究竟用剪刀还是用手直接撕开？

在犹豫与彷徨中，
里面的几只燕子，
已经穿越了语言的幻象。

一部线装书中，
猫死过九次，
没有猫的春天就是末日。

暗恋

而你，站在梦的水阶外，
一个人，一道光，
竟然可以这样温柔，
相比鸟儿
唱出的田园牧歌，更像要指引我，
指引我。

暗恋就是一个细节，
让我可以想到整个宇宙的关联。

宝严寺
——致弘一法师

我们来了。折耳猫在暮春回到
晚晴楼，它苏醒的记忆，和钟声有关，
——而那人一去不复返。
山顶行驶着白云之舟，新日子
是旧时光的回声，穿过我们和僧人的影，
墙壁上，他的照片。
与平常一样，芳草以次第蔓延的方式，
赢得道路的外部，
我们绿色的诗句，在另一个世界
念出，古文，白话，或英语？
——湖光山色似当时，人亦似当时啊！

我们眼底升起迷雾，
恍如多年前，在寺院的围墙外，
那丛低着头，谦卑的茅莓。

草莓心

早醒，无所事事，
我猜楼下的那树玉兰还在微风沉醉的梦中。

层叠的花朵，像腰间减不掉的往事，
我要代她，用汉语向世界问好。

此刻，不知何处传来琴声，
伴着鸟的啾鸣，覆过筑着爱巢的长枝。

太阳洒出斜斜光线，停泊在我心上人的脸颊，
他的一缕头发，闪着金光，欲破浪飞翔。

不管多么遥远，他总会回到这座城市，
然后，轻轻取下美少年的光环。

他也有一颗春波碧草中荡漾的草莓心，
且早已与我交换，在那个多年前相似的清晨。

相见欢

阿丹说，一起吃火锅。
我当时吧，正幻想着怎么做鲲鹏，
她却一直惦记那树木香花。

我们的小心思，皆与春光明媚。
之后，即是下周可想而知的欢聚了。

在我坠入绮梦之前

长街上，很可能空无一人，
风扼住树的喉咙，不让它说出日常

生活的单调。我失眠，一直盯着那盏灯，
床头的毛绒玩具，
长期保持着一个平凡姿势。

不能抢走魔术大师超现实的幻境，
但静寂，弥漫于危险的空气中，
我捉不到它的形体。所有人都曾拥抱过
这种时刻，这曲线？
——哦，我想是的，毫无疑问。

那顶楼的雷声，透着现代的古典性，
——谁听得懂？谁译成文？
闪电擦亮了我最好看的丝绸睡裙。
调皮的夜雨小姐，
在我坠落绮梦之前，请不要涂黑我鬓边的碎发。

麻雀说

它们指着矮牵牛起誓：
真的看见他，怀揣我的诗句，
在水边通宵站立。

他表情凝重，好像要走入，
那首诗的最幽微处，一个紫色的王国。

江心屿

再见了，城市的岸。轮渡，
这枚会说话的叶形通行证，接引我们，
驶向诗歌的岛屿。

光线很强，恰适合远离人群，
建一座明亮的花园，

或在两棵巨大的榕树上筑屋。

诗神一定也这么想，他赤着脚
踏在水上，感叹“时间——是波浪，
而空间——是鲸鱼。”[1]

龚纯兄亦恍惚了，一路都在勾勒
不同时光出现在这里的诗人的脸孔，
把水边的绣球荚蒾当作他们。

沉默中，一片晚霞遮住了我，
波浪和鲸鱼呀，谁是从流逝的瓯江，
捞起东塔和这首诗倒影的人？

注：[1]引用布罗茨基诗句。

晚安

晚安，木质建筑，石头雕塑，
政治，文明，人类，月球，黑洞。

晚安，失火的巴黎圣母院。
毁灭消逝中的美。
晚安，一些动词，另一些名词
和夹生的形容词，轻灵着，排排站。

晚安，我将造出与谁有联系的句子？
如那窗外嫁接的月季浓绮。

晚安，远方的你，
灯下的我。

夜鱼的诗

YE YU

过怀柔群山

大风中，那些新绿的山脉
像刚被解禁的马群，带着点惊慌和迟疑
向天空涌去。山顶有一截蜿蜒的土墙
放弃了硝烟，抛锚在时间里
我在车内昏昏欲睡
没有梦，没有以梦为马
不经意想起一个人
他剥出肉身的自己，就躺在这群山的某处
静静等待着死亡来临
一想起那种缓慢
一想起黑暗静悄悄抹去一个人的迅疾
我就像梦了，梦里一截抛锚在日光下的土墙
斜斜地投射着阴影

恩慈

未经裁剪的春天
是一种恩慈
馈赠老树满枝新叶
几场雨后，荫成，密集着
像一千只手掌互相摩挲
偶尔摩挲下几片鸟毛
在草丛间飘动
或黏于泡软的泥土
未经裁剪的春天
柔韧又宽厚
老香樟伸出
参差不齐的绿手指

接住不小心坠跌的幼童
那惊魂一刻爆出的啼哭
只是春天宏大叙事里
一个小小的颤音

纪念馆

爬满藤萝的纪念馆已百年
但如一日，坚守旧形状
墙上挂着黑白旧影的玻璃相框
昔日的狂热
反射叠映着今日窗外的新绿
唉，教堂庙宇，即便翻新
也可能老朽于人心
恍惚想起自己
也曾如此这般的狂热
我的恍惚是一座虚拟的纪念馆
转瞬即逝
薇依说：最珍贵的东西
并不扎根在生存中
透过叶片间隙
天宇蓝得深邃
春天正以一粒粒细小的萌动
演绎存在。又以腐烂消逝幻化
演绎存在的意义

苍绿的藤萝将覆盖我
或者说，我将是那藤萝

向一匹老去的汗血马致敬

我要向一匹马，一匹困在马厩里的老马
致敬，向它腹部瘦出的一根根肋骨

致敬，向它曾经的汗血、奋蹄、嘶鸣
向它舔吮过的每一寸草地，托举过的每一片云
致敬。在它面前请保持安静
仔细听，卸去了马蹄铁的肉掌
薄皮细颈下的血管，还在弹跳的声音
在坝上草原，一间仅供参观的房子里
我要向一匹老瘦成骨架的宝马
向它巨大的沉如黄金的忧伤
致敬

在十四楼的居室

一整天，母亲勉力支撑
虚胖的身躯
蚂蚁挪窝般踱着步子
从卧室到客厅
在面积不到一百平的区域里
颤巍巍晃动着
她人生全部的欢欣
都已耗尽，剩下的涩、痛
要一点一点磨碎了咽下去
请假回乡的保姆来电
话筒里一阵阵喧腾，听得出
“乡”依然保持着古老的人间闹意
她露出艳羡的表情
开始搜索记忆
可惜零碎片段所存不多
只能喘出几口孤寂的热气
这种艰难，在我外出时
也一直持续，但我有流光十色
分解、冲淡，直至忘记
而她不能。我蹲下身
揉着她有些浮肿的双腿，没话找话
但很快我也走开了

每个人的时间终将停滞
而这之前要怎样才能把
残忍漫长的冰凌期熬成
不随肉身腐朽的舍利

章华台，兼致黍不语

天空饱含水分的灰色，使得
下面那些草
看起来就像在流动
两千五百年前的高台
现只余一堆黄褐色的台基模型
怎么想象也没法和盛大的草地媲美
我明知此刻欣悦稍纵即逝
还是忍不住旋转，抬臂
舒展僵硬的中年腰身
并非效仿，我们从来都有自己的舞姿
抢拍镜头的她，脸色苍白
远看不堪一握
但我知道，生存重负下
她领受神恩的潜能一直敏锐而坚韧
此刻天地草色与我的欣悦
不可复制
哦，我们将是永恒的美人
默默无语与跳跃旋转
皆是肉身虚无的章华台
还是要爱，哪怕抢下的瞬间
终将在时光里褪色变形，并消逝

复原

所有的荣耀都不值一提
在德累斯顿，砖石们忍受着记忆

—

被气浪突然掀起飞离婴儿车的妇女
断肢无处可栖的跌落
火光刺红了一双孩童的眼睛
易北河的血水越来越重，向两岸漫溢
……
不要再提，也不要再忆
要复原
要那种抹掉轰炸爆裂声的复原
要那种像什么也没发生的复原

萨克森古堡空阔的广场上
风声呼呼，听不到砖块们
微细的不安的喘息

拜谒

在渴求招展的年纪，我曾无数次
徜徉，老武昌城的商业街
还是当年样貌
来回逡巡，重装的店铺内
华光烁烁，永远有新鲜的女孩
在玻璃门后不知疲倦地微笑
冷雨的傍晚，我徜徉于
散乱潮湿的老街
嗅出一种深入骨髓的沉寂
远远看去，曾经人头攒动的司门口新华书店
空成了一团模糊的浅灰
而比邻它，高门总是紧闭的教堂
是更深的一团冷灰
像一卷被弃置的古籍
民主路户部巷胭脂路中华路
当这些名字从卷册中滑出
亲切又悲伤

此刻我身披黑风衣
怎么也想象不出
旧辰光里兴冲冲试穿过的超短裙
回忆让人疲惫
不如拾级而上，蛇山上的一座楼
十年如一日，坚持着传说和诗
那上面，我将见到一位永不会被拆毁的
熟悉的陌生人

被禁止的草原

我们凑近了马
马眼映出拍摄它的人影
好奇地抚触，它粗硬的鬃毛
掠起一丝野野的风，马尾不经意甩动
草原在马厩中现出
接着我被阻的草原，也从幽暗中
慢慢浮起……
又惊又痛，不敢再看，抬起头
这才发现，禁止抚摸的标识
在马和我们之上悬贴着

路顺的诗

LU SHUN

致某列高铁上的我们

我们都在这片土地上
活着的我们，车窗外的
墓地，油菜花和
高压线。在高铁上
穿过一段段逝去的路程
穿过一座座有故事的城和
从7：32分的我们
到10：05分的我们
如在小时候手里滚动的铁环
上面的某个点，它一直
在滚动，变化不定的起点
与终点，被覆盖的
我们和江水

今日史

就这么开着，一直往前开
在后视镜里渐渐模糊的
一幢幢房子，一些人走了
一些人来了，被松柏树
挡住的公墓。轮胎滑过
沥青路面，不留痕迹
车载广播里飘出：
“一生太短，一瞬好长”
路在延伸，延伸在每一天里
不可说，在每一天里流连
我仰望的天空是
空虚一片。我四下张望

硕大的蜘蛛网和一张
似是而非的网，在
那座没有乌鸦的
鸦巢上覆盖

与友帖

浮桥晃动，桥下的
水面上漂着小纸船
照片病历书黄叶。它们
裹进漩涡里，从一个漩涡
到一个漩涡。（漩涡的
中心往往最平静）“时间
的监狱是球形的”，没有出口
尽管桥头上有出口的标示牌
“→”或“←”。我仍然
深陷其中在众生里。这棵百年
榕树此刻在风中摇曳，恍似
一位老者。它时常与旗袍
中山装、西装、牛仔、有荷花
图案的连衣裙、T恤、袈裟
同框。天慢慢暗下来
它的周遭仿佛恢复了宁静
小星星迷失在星空里，梦里
有起起落落的杂念。桥下的水
泛着亮光，一只夜鹭掠过
恰似我不曾来过

致风吹来的时候

闹铃伴随着流水的乐曲
我在蒙眬中醒来，开始了
一天天。年月带走我的拥有

把失去的馈赠与我。手机视频里
正在播放古装片，烽火再起
片片废墟，黄沙合上了
将军的双眼。此时窗外的雨
仿佛按了暂停键，风吹来的时候
英雄与懦夫，如
树叶上的雨滴，滑落

十五乘以八

十五毫米乘以八毫米，它在我的
胆囊里。医生说这是一块结石
我知道，它吸附在我的身体里
与我成为一体，不厌其烦地
长大，仿佛是我的知己
彩超清晰地显示它的
位置，无处可逃。如镜头
之下的我。我无时无刻不得不
携带它在街上溜达。有时它
同我一起坐在草坪上
望望蓝天，发呆或漠然

致乌托邦的一天

在连续性的日子内，水面的曙光
如期而至。站在高楼阴影里的我和
立交桥上的我。在我写这一首诗的
时候，我是过去时。
（过去里裹挟着遗忘)今天是
加班日。办公桌上堆满
A4纸张和两盆绿萝。窗外
车鸣声起伏不休。一些衣服
（大部分是蓝色工作服)从石牌大道

上来回走过。他们
同我。此时此地无从
逃避。这些尚未康复的病人。

山行

一天里，我都在山上转悠
尽管山路陡峭弯曲
我确信去山顶要一步步登
日子须一天天过
一处，树根层叠
网住小石子、落叶
还有我来不及抽出的右脚
仿佛我在高楼间
被许多方格隔离
二分之一的防盗窗
二分之一的我和我们
“让我们在无望的沉默中张望”
原来山峰上很空旷
有风从四面八方吹来

当树枝折断时

当树枝折断时，会发出
“咔嚓”的声音。类似于
骨头断裂的声音。从此
某个身子没有了完整性
有时局部能够代替某方面的
缺陷。完美归结于
腐烂。一片树叶飘落
太过于平常，不会更改
风的方向。我从树底下经过
落入日子的碎片里

杀死一个海

杀死海
杀死它留有
海草青味的嘴巴
杀死它蔚蓝色的眼睛
它正看着我们
它的眼睛过于大
过于深
过于干净
像一个孩子
面对一个
眼睛又大又深又干净的海
我无力举刀
我泪流满面
我一生
只能是这样一个人
海被别人杀死

一块鱼从A地前往B地

一块鱼离开一条鱼从冰柜里出来
裹上一个保鲜袋
外面又套上一个保鲜袋
一块鱼进了旅行包
然后上了和谐号列车
一块鱼从A地前往B地
从A地到B地需要两小时
一块鱼离开一条鱼它去旅行
在旅行中它渗出血水，变软

开始苏醒。隔着袋子
我触碰到它从里往外冒出的冷气
冰凉，无言，凝结成泪珠
一块鱼彻底苏醒了
该怎么办。它不完整
挨过刀子，又被困于
方寸之间。它既不能游动又没有海

秘境

你对我多次提到木麻黄
你说记忆中的海边
长了大片叫
木麻黄的树
你一边说一边用手比画
那树的高矮
那树林的大小
那海边的寂静
你说，星空下
只站着木麻黄，和站着你
我看到星光
在你的眼睛里闪烁
一次，我们在海边走
你指着一棵像松树的树
说，这是木麻黄
又说，没有被砍伐的树
就是命大的树
我止步，辨认
想象着一大片树
如何变成一排树
一排树如何变成一棵树
一棵树如何
等待那个砍伐它的人

活过的刹那

保罗·奥斯特说
每当有人问
其朋友斯皮格曼为什么要抽烟时
他都必答
因为我喜欢咳嗽
读到这里，我哑然失笑
多么可爱的人啊
知道自己的弱点，并为这弱点辩护
知道自己不可改变
就接受改变不了的自己
你为什么要写诗
因为我喜欢独处
因为我喜欢自言自语
因为我敏感，脆弱，易受伤，我喜欢自我疗伤
我试着有人那样问
我试着自己这样答
活过的刹那
一个刹那，又一个刹那
我知道我，在干什么

婆婆

婆婆坐在她的轮椅上
在二〇一七年的夏天
海南岛的热风
吹进屋里
又被空调反复地降温
她双脚水肿，腹部积水
众多的老人斑
让她的脸仿佛落满灰尘
生病和老迈，像亲姐妹一样
不离左右，照看着她

她没有力气说滚开
她将头靠着椅背
灰发和白发垂了下来
摔坏过的股骨弯曲着
足够丑陋，但她
正努力吃着饭菜
医生说，八十三岁，足够老
不用再动刀子了
让她吃好喝好
尽量减轻肉体的疼痛
谁都看得出来
她肉体深处
一天比一天贫瘠，衰败
她生育过三个孩子
其中一个被我爱上
这是奇迹。她老得
这么彻底，无望
像一本破旧的生育史
不可修复，也是奇迹

女儿

女儿生气时
会说“你为什么生我”
如果是生我的气
她就说“我可没有让你生下我”

这是生者和被生者的关系学
我无言以对
我还远没有掌握那深不可测的道理
远没有学会做一个轻松的母亲

我只是不停地爱她
学习做她喜欢的食物，聊她乐意的话题

我得强大，健康，长命
看着她恋爱，结婚，生子

我押给这个世界的人质
就是这个孩子
我得不停地祈祷
即使“大笑和寂寞很相似”
行善和作恶的人都没有带给我们想要的结局

淹没

7337次列车4车厢的
11A、11B、11C位置上
依次坐着一个陌生男生
我，和我的女儿
男生一身黑衣
戴耳塞，始终
悄无声息地刷手机
女儿穿长款黄色T恤
始终在看一部美剧
英文对白中
交杂着惊叫声、喘息声
痛哭声，和狂笑
那显然是一个
不平静的人生。我
望着车窗外飞逝的
草木，以及海水
在重构一首诗。它最初
是辩论性的，现在是描述性的
这期间，列车进入隧道
发出轰隆隆的声音
比美剧对白更响亮
比惊叫声、喘息声
痛哭声，和狂笑声都响亮

淹没了所有

飞行器

睡得正香的时候
我被你惊醒
感觉你一下子在床中坐起
说，这飞机飞得太低了
飞翔的声音就在屋顶
甚至能感觉到床的颤动
但它不会撞上我们
我说，这里是安全的
我指着房子。这里是安全的
我指着床。这里是安全的
我指着心。这里是
安全的，我的手停在半空
寻找下一个着陆点

美梦

那天夜里，我做了一个梦……
是美梦
我把美梦藏在心里
和别人说话
也小心翼翼
有几次差点脱口而出
我就马上制止自己
朋友，希望你不要发现
我偶尔的沉默
我有一个美梦
不想和任何人分享

怀念

有个女孩
她穿衣服的样子好看
不穿衣服
她的裸体好看
其实她的脸蛋最好看
此刻她坐在另一个女孩旁边
另一个女孩
坐在我对面
坐在我对面的女孩
她已经去了很远的地方

经过西瓜

男人前面是一辆推车
推车上是一车西瓜
这里是转弯但没有红绿灯
这时是夏天
夏天并不热
很多人开车经过
就开车经过
卖西瓜的人站在西瓜旁
西瓜圆圆的放满一车
没有一个被切开

拟我

猫知道狗是狗吗
我头顶的灯知道我在看它吗
上帝让我进入这一场游戏
并虚拟出很多玩家陪我
而我爱上了其中一个

泡沫箱

夏天成都凉爽的夜晚真是凉爽
在我们旁边吃完饭的人
走后留下一张狼藉的桌子
三个服务员走过来
拆下套在盘子上的塑料袋
捡走喝光的酒瓶
再把所有垃圾集中起来倒在泡沫箱

没想到他们还有泡沫箱
我觉得他们真厉害
我喝起一杯酒，我们正在聊一些事情
一些男男女女以及生活、朋友
我再次看向旁边时，那张桌子
已经那么干净，路灯打在桌面上
夏夜的晚风慢慢慢慢吹过去

一首诗

特别想写一首诗
不知道是要写给谁
也不知道
会给谁看到
在心里默念一遍
没有谁在听
似乎是念给自己
似乎又不是

清明诗

春天的风温暖
爱情还是有点美好
下午从万达买烟回来
路上的人像成都天空一样灰
十字路口几个商贩车上
放满了各种水果
红色的，黄色的
绿色的，紫色的，白色的
那些水果那么鲜艳
仿佛要飞上天

牙疼

我不可能在刚到南京后的下午三点
长一颗智齿，然而确实牙疼
凌晨3点被疼醒，走到客厅
看到杨黎在刷抖音。我不喜欢刷抖音
牙疼不算什么，我也没必要祈祷
让上帝给我减轻疼痛；何况我又没受洗
救苦救难的观音菩萨也不会管我
如果他愿意管的话，我希望他管我另外一件事
祝我回成都后幸福。牙疼我去拔牙就行

给陶春霞

关掉游戏，电脑，灯。
想写一首诗
就想起一个朋友
几年前我们见面
我说：我们拥抱一下。
回忆就像前世
那拥抱的人
好像不是我，也不是你

麦豆 的诗

MAI DOU

在某宾馆

安静的夜晚。仿佛剔除了
杂质。剔除了电视剧
或对着黑色的窗口
不停抽烟

同样是不眠。今晚
将自己交给一首诗歌，似乎
更心安理得。更愿接受
这一无所有。

雨后

在大理石地面的深处
有另一个世界
无限轻地
飘在天空之上

初夏，这一汪雨水
能轻易凿穿坚硬的大理石
将世界倒置
将所有人清空

流水

污水声从管道里传来
昼夜不息。像我们的肠胃？

有时，我会望向漆黑的窗外
是否真的在下雨？还是身居山中？

雨水下在另一个世界里
与我们无关，但与我有关……

午夜……放弃清醒的意识
成为流水的一部分

那只羊

在山中，那个燥热的午后
我们遇见那只卖奶为生的母羊

那是一只毛色发黄，有些肮脏
但拥有一只粉红色鼓胀乳房的母羊

它被拴在一棵长着刺的槐树上
一会儿顺时针走上十步
一会儿又逆时针走十步

偶尔，它会拉直脖子上的套绳
径直朝前走上十步
站在边界处望着你

有点眩晕的早晨

每个人都是虚构的
那个真实的
在天空里飞翔

每个喝醉的人都是真实的
那个虚假的

长年坐在柜台后面

早晨是清醒的
醉了一夜的脑袋
像装着无数根晃动的银针

那一对摊煎饼的夫妇
站在十字路口
像极了旷野中那两棵大树

夜雨

今晚，依然有一轮圆月
在云层后，在高处，照着人间

今晚，天地间只有一场细雨
没有流逝的时间。

今晚，没有活着的雨
只有死去的躯体汇聚成河

今晚，安居泥土深处的人群
需要记忆中的雨水才能复活

雨中等车

暴雨从天空砸下，无视
开裂的雨棚
雨棚下躲雨的人类

无视树下那只觅食的鸟
干燥的羽毛在变潮
可能饿死在今晚

也许，下一秒
它会捡到一条虫子——
但它飞走了，飞进了雨中

离天黑还有一段时间
我安慰自己。也许
下一秒，暴雨会停

在本色美术馆

1
见我们来访
引导者
点亮藏在石头洞中的蜡烛

蜡烛对面
黑暗中
终年坐着一个小小的佛僧

引导者赤着脚
一身白衣
转眼间便消失在楼梯上

2
画中的太湖石
只剩下太湖石的影子

一个个水墨线团
叠合，暗示，唤醒

它们什么都不是
只是一个个谜团

我们只凭着古老的
记忆称它们太湖石

3
画中拜石的那人
仍在拜石
只是身形比古代小了许多
也更加抽象

一个人
只由简短的两笔构成
面孔也更加模糊

如不仔细看
就像大石头旁
另一块小石头

送母亲至地铁入口

天使在高处看着她
送母亲至地铁入口，我想

地铁，通向地下的台阶
每一级上都站满了陌生人

——人群会像水流一般
将母亲送至检票口

她一定学会了刷卡进站
进站之后，她会适应水流猛然急促

流进一个坑的底部，那里
神奇的地铁五分钟一班，从不缺席

两手空空

我把一股风攥在手里
感受到风的饱满
我张开手把风放掉
又觉得自由
我站在草地里
抓住风放走风
放走风又抓住风
看起来始终
两手空空

碎玻璃

玻璃碎成小玻璃
分散在地上
小玻璃和小玻璃
分别保持着相对的距离
从它们散落的形状
你可以看出
玻璃落下而破碎的过程
当我把这些细小的玻璃
一一收起
又重新摆开
再怎么摆
也摆不出之前分散的样子
每摆一次
都像是另外碎了一次

陌生人

我站在避雨的亭子下
等雨停
有湿漉漉的人走过来
和我并排站在一起
她要去哪里
她要做什么
陌生人对陌生人
一无所知
只是因为大雨
我们都中断了行程
暂时停留在
同一个地方

黑有多黑

黑有看得见，黑
有看不见
黑常常在光的背面
黑，有时在光之中
黑夜里
有一些黑东西消失在黑里面
还有一些
比黑更黑的东西
被我们发现

回答

在阴天的时候
我习惯沉默
一切都是静静的
阴天，就应该有阴天的样子

乌青色的天空把我们隔离
天空之外
有很多呼唤的声音
天空之下
我不回答

落叶

一片枯黄的树叶
落在水洼中
我俯身看它
落叶的经脉
其开始和停止
分支与连续
都清晰可见
当我抬起身子
看到这片落叶周围
是更多同样的落叶

糖果

从糖果店里
买了五颜六色的糖果
在阳光下亮闪闪的
我把它们
搂在怀里
像是搂着我以后的
一堆好心情

难过的事

难过这件事

无法制止
总是要来
索性也不管了
无非就是
难过的时候
变成一个难过的人

大风

大风吹得
地上的东西
往天上跑
我伸出手
随便抓了一把
都是些琐碎的小东西
情书铃铛之类
也会有更细小的比如
一根头发
或者一枚纽扣
整个天空
看起来非常混乱
不过我们知道
实际上它非常清晰
每个东西
都有它本来的主人

遗憾的事

一起度过的时间
多么美妙
遗憾的是
在分别以后
它成了你的部分

和我的部分
却不是我们
共同的部分

泪水让我无法抬起头

泪水往下流
一直往下流
泪水穿过我的面庞
我感受到它的速度
这让我无法抬起
我的头

细小的声音

夜深人静的时候
钟表的秒针在移动
窗边的纱帐在摇晃
当我把手掌
落到你的身体上
慢慢往下滑
我也听到了
皮肤与皮肤之间的摩擦
这些细小的声音
仿佛只在夜里
白天的时候
都不存在

海约 的诗

HAI YUE

冬日

冬日，去赶一趟班车
走很远很远的路
去一座山坡
坐在石碑，想一个很久远的人
坐累了就离开
不用说话
也不用烧纸钱
就这样
被风吹着
看着脚底雾气升腾
直到全世界再也看不清楚
一些事物
就会变得清晰

清明

雾从大地升起
在光中弥漫、消散
一些事物开始变得清晰
山，树，以及鸟雀
从雾中生长
呈现，它们就像
在眼前复活。而有人逆向而行
走向雾中
直至再也看不清
自己的模样。在这个四月
你抱紧牙周病
多么希望

那个走向雾中的人
有一天
也能从雾中复活

秋天辞

山风吹着山林
枝叶晃动
柿子掉落、滚动
这是秋天最香甜的果子
我们并不急着拾起
看山羊群
从远处翻动草皮，一片黄色的
微弱的波浪
缓慢，而美好。
生活本该如此
总有些微不足道的惊喜
值得我们热爱。
我们走着，不说话，虚空卜
就像山羊爱着
果了的美味，以及
人间的凶险。

阴天

生活并非布满了荆棘
还有蔷薇、蘑菇、覆盆了，和大白菜
更多的是，空旷而繁密的林木
在通往内心理想地的路上
叶片遮蔽我们的眼睛
如同乌云。只有足够宽阔的人
抬头能看见
天上结满了待放的花苞

不是悲伤或欢喜
也不需要爱，或者恨
时间到了
人间便落满了花瓣

并拢的双手像祈福

雨不是突然下起
乌云一块一块聚集
风吹着树叶
在稀薄的空气里涌动。
漆黑中
看见一名男子张开了双臂
又放下，张开又放下
反复着动作
像在游泳。一个人
在密集的人海里潜水太久
或许他需要一些新鲜的气息
迫使自己
逃离旧的焦虑。
当他张开的双手
缓缓并拢时
就像一个虔诚的信徒
在祈福。

目之所及

清晨，推开房门
目之所及
青苔在墙角像一块胎记
墙外面
大厦耸立，幕墙玻璃
把一些物件吸进去

又弹了出来
天空像一张巨大的网
罩着麻雀、树冠
群山和寺庙。而更宽阔的
来自我们
这狭小的目珠
藏着轻盈的事物
也藏着内心无法承受
沉重的事物。

暮晚

暮晚在生成
这庸常的一天在匠人手中
如同家具被组装
云在风中涌动
紫荆花落在马路边
像礼物
被藏了起来
有人在马路上跑步
很慌张
他跑不过那些光啊以及
自己的影子
所有亮起的部分
必然有另一些乌黑
与之呼应。暮晚已经来临
风簌簌地吹
紫荆花发出一阵低鸣
又落下来了些
相比之前
更像是家具的零件
从庸常中脱落。

神秘的力量

这些开在道路两旁的花朵
灯火下，有隐忍之美
像头顶的月亮
散发着微弱的光芒
走在其中的人
报以微笑
以及美好的目光
可是明天
它们将会败去
将会有新的花朵开放
多么像人间
“有人老去，
却总有人正年轻。”
时间拉伸了
悲欢之间的张力
一股神秘的力量正在带领我们
返回另一个自己。

空纳万境

往往是这样
黄昏从身后走来，坐我膝头
我们一起坐夕光里，一无所求
时空有弧度，只是不易察觉
空杯盛月光，只是容易熄灭
我也是容器，缓缓写诗
放松到一定程度
就隔空拾些桂花给你。

静笃

黄昏短，在落沙
三月的明眸盖过布谷声
一场欢宴慢慢暗下来
我们手牵着手往回走
光聚在时间外
灵魂要回家，肉体在惜别
我们越过故乡、星辰与挚爱的每一刻
感谢刚度过的这一生
我们走后，这里的春天
会按时捎来雨水
使衰草站起来
落日会及时骑着金鬃马
冲出黄昏的门槛，种植稠密星空

描摹之难

流水取消了乱石与棱角
白雪皑皑取消了江水不息
山羊啃草的声音取消了冬天
牧者的竹笛抚慰了跪乳的羔羊
九曲十八弯的日落抚慰了旧乡愁
赛里木湖此去三千里，抚慰了残霞
月圆月缺原谅了至深的爱被记住又遗忘
聚了又散的人原谅了伤口状的月牙
深夜淌下的热泪原谅了命运荒谬
描摹万物之心需要足够的耐心
有人曾告诉我造物的秘密——
高处的事物庇护低处的卑微

不积

祖父曾替我擦背
祖母大年夜为我添汤
他们积攒了整整一阁楼的稻草
试图用火光改变家族命运的底色
故人挤一盏白炽灯旁
对再次显影飞蛾扑火
光线一再变得迟缓
回忆占用了我们太多生命
从此，怀念与诀别可否一并省略
没有说出的话，以后也不想说了
在秋天，挽留是徒劳的
同样徒劳的是囤积，修补

我曾这样与自己约定

你在哪儿

我在冰湖，一场雪崩
竟翻出日本队遗骸

你在哪儿
我在尼农大峡谷
差点被风拐进澜沧江

你在哪儿
我在珠峰大本营打坐
观想甘露注入心田
而雪钻进脖子，我忘了冷

你在哪儿
我在冈仁波齐5700多米
海拔的垭口呼吸困难
藏民敲开葡萄糖注射液灌我

你这是何苦
别担心，这是我与自己的约定

她的两场雪

时隔多少年
上一场落入脐血
下一场抖入孝衣

入城吟

天还没有亮
我们来研墨吧
浓得化不开

天快亮了

我们来洗衬衣
干干净净做人

耳朵起雾了
我们小声哭吧
印章上的颗粒
要查封琴声

亲爱的儿子

亲爱的儿子，你有权
愤怒。但你，不能只是愤怒，
你要仔细留意愤怒背后的那些事情。
如果世上有什么不公，
那最不公的，是我们对自己的不公。
当然，这有我的错，
我做过许多次的坏榜样。现在，
我必须比你还要努力。
儿子将头靠在我的肩膀上。
我不知道还能说些什么，
我们就这样，又坐了一会儿。
看落日，将橘色绸缎
盖在我们身上。

和儿子争执后的下午

整个下午，我泡在楼下的园子里。
慢跑或快走，直到筋疲力尽。

长木椅上，粗重的气息里，
我看上去一定有些灰心，可这是
令我安心的感受，我因此得到了另一种
提醒和安慰。

“当你被欲望控制，
你需要重新审视自己。”

我久久地望着天空。

它那么高，那么远，那么辽阔，却离我最近。
我和它之间，除了空，
没有任何阻隔。

一匹马

否定一个孩子要做的任何一件事，
都是毫无意义的。

他们对自己抱持磐石般的信念，
并以此证明自己的存在，及拥有独立
和反抗的自由。

他们还不是一个人，他们仅是一匹马，
不信任任何一条缰绳，父母递过来的也不行。

我的儿子，在一个紧张的日子里，
决心要完美地缝好他的伞。
他只用眼神和我对话，
我的激昂和说辞被一一折断。

为时半小时的对峙里，
我想起了两个更为确切的词，
但最终，我还是将它们
都还给了我自己。

茶花骨朵

一个月后，
小小的茶花骨朵儿跌落在茶几上。
依旧红艳艳的，
张着小口。
像一首诗，

用尽了力气绽放，
也努力地，留下了空白。

小暑记事

医院背后的小山坡上，
每条路，都指向一个未知数，
像母亲病房里沉默的回音。

无法问，也无法回答。
我们因深爱而成为爱的受害者，
因亲密而永失亲密，
我们奔跑在相互寻找的路上，
却永无抵达。

小暑日，我坐在母亲的背影里，
像一棵不曾开花的树。

大暑日观落霞有感

大暑之日。
落霞少妇般的情欲，
笼罩侧卧的远山。

飞鸟丈量着天空，
无所谓，也无所畏惧。
它们和所爱之物的距离成正比，
不会陷入越爱越想
远离的僵局。

风助长了夜的气势。
万物亲近，安静降临。
仿佛一切，只因黑暗的到来，

便回到应有的秩序。

渔夫与海

写得越来越慢，
写好后改得越来越慢。
一粒安慰剂。
陪我走过人生十年，
它已长成我——我什么都不做，
也无法错过它了。
它就在触手可及的位置，
看着它发酵，
如同等一块儿用来做包子的面团。
而家庭琐事仍不断涌来，
它们磷光闪烁。
我乐此不疲地埋首其间，
像渔夫，
置身于大海。

父亲的枇杷树

我的父亲在果园里
踱来踱去，一会儿从自己体内
走出来。一会儿又像枇杷树
那样咳嗽

我的父亲，他不吝惜更多的裂缝
他不吝惜把更多的枇杷果
塞进体内

枇杷叶，一年四季绿着
而枇杷树，唯一想做的，就是
怀有一个老父亲体内，
尚未熟透的果子
它们有时酸，有时甜

枝和叶的问答

你还是讲不明白，一片叶子上
黄如何驱赶绿
你总是塞给我新鲜的树叶
如果一定要留下什么
就把枯萎送给我吧
让我亲眼看一看
生如何穿越死
叶脉如何蹚过我掌上的河流

你还在纠结一些旧居啊，祖先们
留下的家什啊！

这没什么！要留就留下
老屋檐，石天井，留下
深刻的皱纹，留下脚掌上
厚重的老茧。千万记得留给我
屋檐上滴滴答答的风雨

巢

树杈越来越细
不能再高了
树叶飞走了
他们也飞走了
只留下空空的巢
几粒鸟鸣破壳而出
不再见到老人
他们或许成为风
在树杈上打坐
成为空空的蒲团
都是空的。风也是空的
聒噪与扑腾都是空的
空得听不到一声鸟语

回声

空气中夹带着草香
我通过还在生长的骨骼
找到母亲的脚趾
她的背影，总是与夜色
一同垂下来。她冲着黑色田野
发出一阵声音
旷野上的草垛，构成了
那些回声的反射物

多年后，我也同母亲那样
发出多道回声
城市里的钢筋水泥
构成一道道封闭的障碍物
它们冰冷，生硬
无法通过反射物
回到一副发声器官

晃来晃去的眼珠

一个不是轻易可以动摇的人
无法左右自己的眼睛
在一张脸上做相同的动作
晃来晃去的眼珠
多像一对孪生兄弟
舔舐同一本书
占据一张女人的脸
它们怒目圆睁，却从不彼此仇恨
它们有着相同的悲伤
却各流各的泪水

冬天，麻雀都住在自己身上

冷空气里浮着灰尘。老树卸下盔甲
再大的叶子也落了
再小的枝条也留了下来
此刻，绿色藏得很深，抽身而退
从枝头，把汁液压回内心

一群无家的麻雀
在枝头跳跃。丫枝枯脆，颤抖着
怀侥幸之心的事物，无知即无畏

落日带走黄金的光辉，天一点点往黑里钻
树枝越来越细小
麻雀安静下来，在夜色到来之前
又把小小的身子
缩成一个个黑点
远远望去，像很多密不透风的鸟巢

在夜里，麻雀都住在自己身上

小满

风，从远处跑过来。
带着他的莽撞少年，来看这片野樱桃

太喜欢了，这满树羞赧的小脸
在叶子间躲闪。风按捺不住
可他一使劲儿，摇晃，枝头就轻了
再摇晃，枝头就空了。他的少年

也划破了手指
捧起一只红果，就疼一下

风带着他的少年回到田野去了
在那里，风可以任性撒欢。他一使劲儿
青麦就黄了，无数的少女
在风中梳头。小胸脯越挺越高

石头记

给一块石头拍照，吓了一跳
石头先对我下手
把我印进自己的身体里

站在石头前，看着石头里的影子
像一个活着的人
看着自己来世的样子

阳光耀眼，风吹动我的丝巾
石头里的我
似乎在向我求救。我伸出手
拽着石头里的人
快步离开

回头时，青石上字迹糊涂
有一个字分外清晰
文，那是我儿子的名讳

故人

几个人围桌喝酒，波光在脸上
荡漾。他们都来自过去
只说往事

像窃贼，瓜分着彼此内心的快乐

他们偶尔沉默，说起一位离世的兄弟
只让酒杯开口，颤抖着吞下悲痛
外面，原野生锈
枯草抓紧大地。他们脱下外衣

暮色盖住远山。把杯子里的酒喝完
就各自启程了
向东的要到海边去，向西的要过阳关
其他三人要结伴到附近的寺庙

那里也有一位故人。他已经在尘世失踪多年

麦茬

从来没有对一种伤口
如此喜欢

这些无遮拦的，簇新的，不用包扎的
齐刷刷的伤口

为了这个伤口
麦子，拼命长了一辈子

黑蝴蝶

你是披着一身夜色来的
如你黑色的棺木，你是来送自己的么？

你把体温降下来，天就突然凉了
你要系好黑斗篷
夜越来越长，给你赶路的时间

你要慢点儿飞，露水清亮
你要快点儿飞，桂花满枝

你要早点儿回来
披着夜色回来，种花满院的白发人
等着唤你小英台

在萧红故居

今天，有人喝大酒
你不用劝止
风太热
人在风里会做错事
你要及时摇扇
今天，你容易跟自己较劲儿
一遍遍念叨
呼兰河，我是你的女儿
你生了我
你要再生我一次

今天，你要替她多坐一会儿
光线正好
你正好
你要把她放在你身上
替她疼
替她活一会儿
她活得那么少，还没活够

今天，有人感觉孤独
你及时出现
因为孤独都是命里带的
你又及时走开

今天，你不能吝啬美
你要好好地
做一个好姐妹，好哥们儿
抑或好情人

下雨天的一列火车

这是一列货车
黑色的
有接近50节车厢的
很长很长的一列货车
它现在停在车站的钢轨上
它这样停着
已经有许多天了
现在正在下雨
这个雨啊
也已经下了有许多天了
开始它下得很大很大
后来它又下得很小很小
它一直没有要停下来的意思
这列火车
也一直没有要开走的意思
所以这列火车
就成了下雨天的一列火车
它停着
它淋着雨

大象

大象从森林里走出来
站在公路上
严格地说，不是站在公路上
而是在公路上行走
好吧，大象在公路上行走
一只黄蝴蝶

在大象的背上飞
大象走了一会儿
又回到了森林里
这时候的公路上
就只剩下了那只黄蝴蝶
它这时候停在了一片树叶上

应县

我们从五台山
去应县看木塔
经过一个多小时的车程
我们到达了应县
看到了木塔

一堵墙

这堵墙处于城乡接合部
它是由许多个空酒瓶
堆砌起来的
这些空酒瓶
全都朝向一个方向
这堵墙
堆砌在两棵树之间
它的旁边
还有一堵墙
这另一堵墙
是由捡拾的半截砖头
堆砌而成
现在这里有四件东西
一堵酒瓶墙
一堵砖头墙
两棵树

墙

新建的房子终于完工
说是完工了
其实还只是一个半成品
要想入住
还需要花很大的力气装修它
首先要处理的就是这些墙
它们只抹了一层水泥
毛糙糙的
我喊来了装修队伍
他们开始对墙施工
他们首先用四飞粉将墙全部刮一道
等这种白色的泥子干了以后
他们再用粗砂纸一点一点地打
直到打得侧着光看
也看不出有不平的地方为止
最后一道工序是喷漆
喷完漆以后的墙
就成了雪白雪白的墙了
房子装修完毕
一切收拾完毕
墙还是那么白
白得晃眼的那种白
入住那天
我在白色的墙上
钉了一枚钉子

茨河

这是一处被遗弃的老街
木头搭建的房屋已经散架
歪斜的歪斜，坍塌的坍塌
有些房屋虽然人走时上了锁

但我敢肯定
搬走的人早已经忘记了
钥匙放在什么地方
那天我与小赵小马和小王
去汉江边的这条古街探险
我们找到了一个陶罐
一对木质水桶
还有一把斧头
这把斧头竟然没有生锈
它的斧口
还白森森地闪着寒光
我们看到它时
它砍在一段木头上
我用力拔下这把斧头
看了看它
又将它砍在了木头上

手电筒

读黑光的诗，
我为已经接受
他的离去而不安。
人生啊，我们常常感叹，
我们最终会去哪里，
就像手电筒关闭之后
继续飞行的光？
最后一次见他的那天，
大雪围着我们，
清晰着
每个人的面容。

替我写诗的女孩

我所有的诗
都是吴橘写的。
初二一个下午我看见一群同学
从操场向我的方向跑来
却跑进另一个教室的时候我明白了
很多空间我们并不能分享那么
坐在教室里的感受我只能用
吴橘的名字写出来。如今，
吴橘有时候还是那个女中学生。
她因为能是更多的人而更加孤单。

替我奔跑的女孩

在一款手机游戏的野区中，
ID是吴橘的卡通女孩，
她以五岁的年纪
跟着一个六岁的男孩奔跑。
射狐，挖石子，摘浆果。
穿着一样的衣服
尚且没有他和她之分的他们。
还有更多的奔向四面八方的他们。
如果奔跑是让一个成人愉悦的，
那么就需要停下来。
游戏里有一个家园，离开男孩
坐在桃树下的吴橘是我。
桃子的颜色安静而冰凉。

干桂花

我和他在秋天认识。
之后不久他给我来信
“你笑得就像那天的桂花叶”
他的另一句“那天，你吸引了我”
直到如今仍然有着干桂花的气味。
直到如今我常常用他描述我的其他句子
去记忆一年又一年中
开过的那些花，闻闻它们。

1月2日

这儿的楼房很旧，到处都是声音。
听不清哪些是从哪里发出的。
如果真的有三种空间，我怎么办？
我需要某一空间中

某一瞬间突然的安静。
只是听力经验中的安静也好。

1月23日

在我们同一天的日记里，
我写的是她的快乐，
她写的是打盹的动物、一串数字
和平台上走来走去的陌生人。
那串数字看起来写得缓慢，
在同一天，她刚学会
用慢镜头拍摄物体。

2月22日

在院子里
栽了几棵一模一样的树。
自然万物不过是
树上的一片叶子和又一片。
可以都是绿色的。
也可以都活泼，像她这样的。
她给其中一棵挂上牌子：
我的
星期五的树。

3月4日

如果不写日记我一定会忘记
她用重重的so声掩盖住的
突然的狗吠声。
她的这副样子像是
她刚抓住的小虫子

录歌的时候她把它
放在大大的透明盖子下
它平静地爬着，此刻。
一边看她录歌一边
无声地嚼着一把坚果的
这时候的我
不在她和小虫子的视线里。
如果不写日记
我一定会忘记我。忘记今天
和这一刻的爱。

3月18日

在沙发上抱着枕头。
她喜欢被爱着的感觉。
她把她的眼镜戴到
猫的脸上。
它鼻子扁平可能
还有些不耐烦眼镜
一次次滑下来。
再戴上去。并用手按住。
她说：很多童年回忆
都过时了。我也伤心过。

交谈

一直以来，我内心无人对话
以至于我语言功能越来越差
现在，我
同花朵交谈

不停地说，不停地说
说到它们一个个
结果，我谢去

专用词

一个被移动过的词语
类如一口伪装地道口的缸
一副整容过的脸
它被我搁置在哪？到门口我摸索不到钥匙
一个地下工作者
面对接头的人，突然想不出暗语

肉骨头

照例，初二和周二
在楼梯口迎候我
眼神落寞
它们嗅出我照例没有
带来肉骨头
它们无可奈何地
围着我蹿跳

事实上我一直身揣
一副骨头架子
总觉得还不到时候
不舍得
交给它们
——新年好，别跳了
我会尽快
把骨架补偿给你们
在它变软之前
它的硬度
够你们咬啮
只是啃撕不出什么肉
这半生，我
耗费得太多
最后的移交，即是托付
避免被烧成骨灰
毫无用处

去处

会有一只鸟
让我记挂它的飞翔。它的
完整的死亡
那是不见尸体的结束，消失在
空中
它是我模仿对象
你见过它飞，偶尔的歇息，飞
间或鸣叫
你驻足，被它的哀鸣所打动
它飞翔的姿势
你不会惊奇。还能怎么飞呢
没人探底过它的深喉
没人细究过它振翅的动机
就如树，一生只停留一个地方

鸟，在我们头顶
永远飞向不存在的去处

内心之雪

有一些雪落在我内心
更多时候，是铺展着，一片无垠的白茫茫
有一些脚印，也已经雪白
那凹下去的，是雪的受伤部位
那么短暂，被覆没，被掩盖，不再提起
我低头沉湎于内心
也不敢把它们叫醒

挽留

想起去年的今天
我原准备天亮去台州市
有种意外是真意外
没有什么比
突然死亡
更能使人把一切都放下
我父亲突然死去
突然让我
什么地方也去不成了
好像父亲突然
以最决绝的方式
挽留我
而不用开口说一个理由

坡度

坡上，阳光也是斜的

不知这些花儿怎么爬上来
不见她们气喘吁吁
这么高的崖头，也不怕跌下去
我确实老了。这不奇怪
问题是我比实际年龄还要老
她们的轻捷使我孤独又感伤
我看着我上来的路口
虽不显眼，但肯定连接所有道路
那么，你也爬到这里来
看看这些鲜花
这些年轻艳丽，这些突然，和
不计后果

疤痕

母亲从地里回来
站在猪栏边，大发雷霆
她发现了你喂猪时
没让潲水冷却烫伤了猪的嘴

你躲在门角落瑟瑟发抖
还是被强揪过去
她抓住你的手
硬生生塞进灶上的猪潲

你杀猪般吼叫
手上永远留下一道疤痕
现在你坐在镜前拍爽肤水
一阵轻响之后双手抹着护手霜

厨房水壶嘶鸣。母亲在客厅喊你
你从来没有忘记那一刻的疼痛
也从未再和她提起。偶然被人问及只笑答
那是一个时代的印记

晾衣绳

一根结实的麻绳
连接两棵刺槐
她踮脚把湿被单往上甩
露出好看的腰身
一边和一个长者说着话

大雪过后，太阳出来
背风的山墙下长凳坐满人
长衫长者眯眯笑着
猫扑在脚尖半睁一只眼
被单渐渐轻快。晾衣绳颤动

他们身后，楚地的丘陵连绵起伏
若干年后沪昆高速横断祖坟

半块镜子

光影在墙上摇曳
院坝里水洼闪光
我从房里拿来半块镜子
在墙上照出一个小太阳

它移动，灵巧，轻盈
有时奔向阶檐下一张脸
那人眼睛眯起，手伸到额上
搭起一个遮阳篷

半块镜子含着锋利的刀锋
从来没有染红。背面的土红
那时我不懂它的毒性

我知道它收藏着两代女人的容颜
晨光中大地无边的镜子
失去她们梳妆的姿影

窗棂

木格窗棂不再有
自然也没有了穿过它的光

一道道斜向天庭的水渠
尘埃如逆流而上的鱼群

当她站在那光中梳妆
我感觉一个女子浑身布满光环
现在她化作尘埃，空无

空无里我看见更多的她
从各个年代塑造她的完整
她变成那光中的游鱼
真正游向她自己

窗棂化作火焰或垃圾
光失去了它的制作大师
站在光的浩瀚中，多么茫然

界线

一堵墙轰然坍塌
灰尘腾空，落下
把她活活掩埋

我冲上前去
从尘土里挖出她
把她送往医院

她的胸脯不再羞涩
压在我的背上
我也失去对柔软的敏感

平时我不敢碰她
只有她偶尔几个人大笑时
头往我肩上一靠

我们住在大海的房间
一米外是深渊。海水幽蓝
越过它，我们就淹死

窑炉颂

斗车两只脚
啪一声顿我面前
她朝我站定，两手叉腰
脸上微微泛起红晕

我记得那个长发齐腰的姑娘
苗条的身姿有好看的饱满
像烤箱里面包微微隆起

带着挑战的眼神
转作丝丝柔情
从夜市摊对面绕过来
当众抱住我的脖子

巨大的烟囱冒烟不舍昼夜
柔情丝丝打成结
剪断如一头长发旁落
屋檐上雨滴碎裂在沟盖上

窑炉熄了火，像一个荒芜的子宫

墨线

他摇动墨斗的把手
随着吱吱的叫声
连着墨线的锥子
像小鸭子跟随着呼唤声

归了黑黑的小巢

那时他正值青春年华
直起身，仿佛松了口气
而我更年少，盯着墨线绷直
在他的手指勾起、放开的刹那
木头上出现一条溅满墨点的直线

如今他荒废了少年手艺
世事如墨点，独少那一条
精准的直线。而我在键盘上消耗时光
噼噼啪啪如飞溅的墨洒落
无非在找寻岁月里墨线的印记

没有它，锯子的密齿会咬向何处

吹风

从房间传来
吹风机的嗡鸣
想着一张脸斜对镜子

上个月在佘湖山
走近悬崖，微微眩晕
我已经没法像三十年前
站在天子山顶欢呼

当然也不用扑在护栏上
从过街天桥看风声中
车辆鱼贯长沙
不必去桥洞下独看
秋风吹渭水

无需什么人吹风

一眼就看出苍蝇在纱窗上嗡嗡
接下来会有拳头锤击桌子的雷鸣
只是没有一点风声
如何就有悲痛如大雨倾盆

房间里吹风机嗡鸣
比蜜蜂降临油菜花地更让我安宁

老家

爷爷来到这个世界
其实是走丢了

和他一起走丢的
还有那些
在风中飘荡的草籽

它们落在哪里
哪里就是
它们的老家

烧荒

不小心点着了
爷爷坟头的枯草

紧接着
整个草甸子都着了火

这些草啊
只有在一场大火之后

才能让我爷爷
再一次亮出
雪白的骨骼

长高的草

我爷爷的坟头越来越矮
再矮就陷进了土里

那些草会不会越长越高
顶着风……

那些草，再长高
会不会就缠住了炊烟

以骨为碑

我爷爷在遗嘱里说
他死后
不能立碑

别人的碑，立在坟头
刻了显赫的名字

爷爷的碑，就是那堆骨头
活着时用血肉包裹
现在用土

埋葬

被铁锹和镐头掘开的土地
闪着亮光……

刚刚埋进坟里的爷爷
在一片黑暗中

那些露出骨头茬儿的

新鲜的黑土

摔到他的棺材上
正发出断裂的声音

草叶上的眼睛

爷爷没来得及看我最后一眼
就走了

天都哭黑了，爷爷
也没醒

三十年了，我已没有眼泪
只是看到爷爷坟头
那些草叶上的露珠

一颗一颗醒着
像极了爷爷用力睁开的
眼睛
看着我。

骨灰盒

装爷爷骨灰的盒子
火柴盒一样

他们把它
安放在狭窄的墓穴里

在他的骨灰盒
与穴壁之间的缝隙里

挤满了

刚刚长出来的
青草

一粒草籽

王太玉屯到西漫岗的祖坟地
只有短短的几步路
爷爷却走了八十七年

一粒草籽
从钻出地面
到成为一株枯草
只需要秋天的一个时令

爷爷和那些草籽
又长在一起
只用了一口气儿的工夫

捉迷藏

这些草把爷爷藏了起来
他一直在等待
我们把他找出来

但是每一次
我们找到的都不是他
只是这些
从坟墓里长出来的草

越来越深的草
淹没了他
又像是紧紧地
抱住了他

这片大草甸子

不知道爷爷的土坟
是被风削平
还是被草淹没了

有几次
它隐藏得很深
找不到具体位置

只有风，挥舞着镰刀
在这片大草甸子
准备收割生死

张珊珊的诗

ZHANG SHANSHAN

去岁今年

站在年的门槛上
东张西望
不知是留恋旧岁
还是企盼新年

今晚
我想像你一样
点燃一支烟
听屋檐下的风
喃喃细语
偶尔看一眼屋子里的灯光
陪龙脊梯田的流水和鸭子
一起失眠

夜雾抹黑天空
但月亮会钻出云层
为我续火

当朝霞升起
阶前散乱的烟头
仅是我昨夜的心思

清明

一膛炉火
一把骨灰
一个人鬼共享的节日
一束鲜花

一瓣心香
一次活着的祭奠预演

你敞开胸怀追逐海风
累累的疤痕波浪纵横
太阳把汗水晒成精盐
排列成闪闪发亮的诗句
这些我全都收下了
装进你盛满时间和记忆的药盒子
然后
把我的歌声也装了进去

即使我拥有的
已经够多了
但我还想要
你的一抔骨灰

疼痛

当我的身体感到疼痛时
我的情绪便不能安宁
我的情绪不能安宁时
身体便开始疼痛

是身体控制了情绪？
还是情绪控制着身体？

猫望着鱼
鱼等着蚯蚓
但黑夜却对我无限慷慨
将鱼和蚯蚓
孤苦和寂寥一并给我
于是
我得到了鱼的眼睛

和蚯蚓的心脏

我苦于无法与人分享泪水
我悲愤于对这世界的感知

流浪狗

我是一只流浪狗
不知何来，不知所往
流浪是我与生俱来的宿命

穿过许多漫长的黑夜
刺眼的白天
直到有一天 遇见他
才结束无家可归的日子

我在他身边的时候
会努力摆动尾巴
扭动起身体
掩盖不适
因为我快乐
他也会开心

长夜过后
殷红的鲜血浸染黎明
证明我是一条带病的野狗
他说很失望
但不会轻易离开我

我知道我还有一段漫长的旅程
就在我快要记住自己名字的时候

用一生拼凑爱的碎片
合成一面镜子

这才是我的宿命

等待

像包容身体里所有的疾病
你包容世间一切丑态
如一朵毒蘑菇
在肮脏的灰坑里茁壮生长

我们要赶在所有承诺腐烂之前
去看看非洲和北极
那些斑马　猎豹
或者雪地里的小松鼠
我不需要整个世界
只要一片叶子　一撮毛发　一朵雪花
你瞧
我们向往的地方
正在向往着我们

我不知道你相册里
那丛格桑花的死期
但我不会停止刻画它的样子
请你留颗种子给我
我会用肉体养育
用血液浇灌
我希望有足够的时间
能让它生根发芽
在我的灵魂与你会合之前
它还能生生不息

虚妄

我还幻想与你重逢

幻想你抱着我
让我在你的环抱里重生

遇见你之前
你刚刚收拾好一段旧爱
当你开始爱我的时候
我便一次次地逃亡
绕过她们

接下来
我只需要活着了
活着等你垂暮
等人群散尽
等你的灵魂变为灰烬
等你在世间的肉体腐烂
我还要拥抱你
拥抱这些遥远的距离

时光如流
往事如风
只要我还记得你
你就永远不会真的死去

母亲

你笑起来，总是好看的。
如同
摇曳灯火，随着三月迷情。
描绘
也只，描绘你的影子。
映出窗外
收获一片不可多得的星空。

海波上
有刚刚惊叫的海鸥
它们是春的降临，
还是冬的归达？
土地中
有刚刚果腹的菜地
这是你隐藏的斑斓，
还是你承受的命运？

我确信，
总有一种颜色
可以丰满你自己。
你可以　是轻的，
也可以　是美的。
勤劳、舒展的背后
有人把你
取出来用作星星。
有人在转角处
把你点作灯。

赞美词

我将不再饥，不再渴
也没有日头的炎热
你伤害过的
全化身为胸口的宝座
一只羔羊
全心喂养
我有生命水
我用生命水
谢谢你为我擦去眼泪

外公

我最近一次接到他的电话
是在深圳
倒数第二次是在武汉
一次问我在哪里
一次问我什么时候回来

最后一次电话，是别人打给我的
我回来了。他躺在一块白布上。
我跪在他跟前点香，烧黄纸，磕头
不敢流泪
我的背后
是他种的三亩庄稼与一轮明月

今天，是2019年的4月
窗台上那朵花开得那么艳的时候
心里真的痛起来
那个与我血脉相连的人
再也无法直视这姹紫嫣红的春天了

镀金

我不想坐火车，我想种植物
我不喜欢现在的课堂，我想读私塾
我想有一个干净的地方种满整洁的植物
我想许多阳光洒下来的时候
植物就是金的
我就想许多阳光洒下来的时候
把我的植物变成金的
只要镀金就好了，只要变金就能发光了

小马

我不知道天上有我的什么
夜池里闪耀又一片星辰
湿润的东风走过荒野
在清晨的曙光里
即将昏睡过去。

再想象
我到异邦去旅行。
没有一只蝴蝶结
——和你湿吻
抬头也见满了蓝色的天空。

我要为你把它们全部都收拾起来。
放在好几百个篮子里
连同我的余热、纯洁、多情
而又真实的心。

牧人歌

如果我是一只小羊

津津有味吃着青草
请你不要打扰我
也不要告诉我，哪里的草场更肥美

你不用深藏你的愁苦，
你也不用向谁诉说。
因为你是谁不重要，
我只告诉你我会与你同去。

彭杰 的诗

PENG JIE

海棠

姑娘十八岁时突然患了病
整个春天
她都待在屋子里

姑娘的窗外也就是一株海棠
有时她会朝着海棠说几句话
海棠听不懂
就像许多个傍晚
海棠的叶子在无风时响起
但没有人注意

姑娘是在一个深夜死的
海棠还在沉睡中
天亮的时候窗户没有打开
此后的每天夜里
它都在梦中听见了海棠花落的声音

夜晚的散步

冬天到了。我们把落叶扫进炉膛
粮食打好后运进地窖，把大红的灯笼
挂在高高的木架上。那是在三年前
马德明的母亲刚去世不久
我正在写一部长篇小说。
吃过晚饭后，如果没有人串门
马德明没有去镇上的铁厂加班
我们就去村外散步。沿着小路走下去
经过水光晦暗的湖泊，

一直到有树的地方。那里没有什么人
也没有什么灯，我们沿着月光
顺势攀往高处，成为那些
呜呜作响的手风琴，
在光秃秃的树枝上常常响到天亮。

大雨之夜

云层短暂的明亮过后，古柏树
感受到凉意与不安
便落了满地的叶子。行走在
水银中的少年

没有掌纹的陌生者之间
像隔着玻璃。醒来的人
变得越来越清晰
他打开窗户，直到
成为雨夜的边缘。

晚来有雪

远山在沉默中收集坠落的松果
敲击桌上的月光，有往事碎开的声音
想起雪没有下
雪中的人还没有披着蓑衣赶来
他便和衣睡了
那是一片流动的水
透出玻璃般的平静
他穿过眼睑下的黑暗
一直到白茫茫的地方
他想，雪并没有迟到
只是下在了梦里
这样想着，他便也飘往了别处

来临的一刻

他预知雨季将要来临
但并不为此悲伤
窗外布谷鸟的叫声，收集微弱的光斑
像他细密的遗愿
有人踮起脚，小心把挂钟取下
但黑暗中的雨水
仍在不停落下来，过程缓慢地
如一个人的生命
却并不犹豫。
他看着它们消失在湖泊里、花丛中
与沉默的枝杈上
并不平静，也没有火花。

低洼处

是晚来的桃花，鼓声渐亮
衣袋里揉搓的局促。
低矮的坡度，给予坠落的雨水
以放缓的空间。

穿花式的行走，牵扯众多角度
海潮呼喊体内隔绝的门户。
隔夜的螺丝已在松离，
像沉默打开冰川微弱的创口。

而呼吸中收拢的色彩
已被装裱于墙壁。你的嘴唇
上抵微微颤动的夜晚。该如何向你陈述呢?
雾中的枝条，正试图捕获低空的轨迹。

长途旅行

薄而轻的风景。并无挖掘需要
我们闪烁的，小小光斑。
远山，缓慢进入你空荡的站点。
于何处放缓？步伐预留，盐粒后撒入黑暗
你们交换彼此的量线，灯塔就为杯盘
赢得新的背景。而空海此起彼伏
潜流消失之处，沉积海马的语言。
酒店的绿皮椅上，你释放了
蜷曲的倦意。随之从恐惧滑落的速度
也得到缓冲。翠野提供壁垒
在海拔暗淡的地方挑战独木
何尝不是玻璃橱窗上储存溺者
皱缩的恐惧，终点已向它身前的空间
精准地打起响指。但并不说明
白杨探出的手指外，就一定有未被握住的航线。

近似风景的房间

水珠滑落下窗台，像有个人
坐着听了很久。盆景帘上液态的琐碎
他心中的潮汐。船只陌生的美德
嗅着波光处，月色中溢出的缓慢

昨日难否的弭散。
他耳边的瀑布
声音的翅翼收拢，一次扇动
就抖落满身清脆的暗。

有别于鲸影的暗涌
树木，扇出橘光
鸽群衔着松针，灰色的喙
如果掠过建筑的表层

会成为细雨膨开的裂隙
更多时候，蜡蝉的潮水
低沉下去，就等待它们醒来
蓬勃出满树昏暗的火星。

密西西比河上空的鸟

四月的密西西比河，神在天空漫步
几朵云彩落在了远处的河面上
一只鸟像电流一次次击穿空气

是的，密西西比河就是一条巨大的
天线，我站在河边，侧耳聆听事物
凌乱的交谈，河流的发言冗长而有序

科技分开了古老的事物，比如夜晚与
城市，比如故乡与身体，那么河水
又是谁的主意，将心灵与飞鸟分开

我还没有打算转身回去。身陷字母
与象形文字的复杂关系，我有必要
让时间穿过胸腔，就像密西西比河

横穿霓虹闪烁的辛辛那提，将一万年
压缩于光阴的拉链：在诗句与河水之间
我将灵魂暂存于此，等待神来认领

青梅

家乡的青梅，好看的青梅
树影间摇晃的青梅，不言不语
她们转眼就出落得亭亭玉立

风是软的。青草淹没了小径的呼吸
当年幼小的梅林，如今已满目苍翠

我看见那么多的女孩踮起了足尖

歌声在体内发芽
女孩被风吹到异乡
星星还挂在那里

梅雨将至，我看见最高的枝头上
青梅睁着水汪汪的眼睛
我担心她会哭出来

时光给了她沉默的权力，把酸涩
埋在心底，只说出甜，说出野花和
溪水的去向，拥抱，别离

当青草领着野花归来
我认出了她
我就是她眼中迟迟未被风吹落的一滴

减法

校园里，甬道两旁的苹果树
开花了。工人们忙着修剪树枝

对待过于庞杂的事物，要用减法
减去烦冗，留下有用的

事物纷纷落下。那些晃动的阴影
纷纷落下。我看见他们用剪刀

拨开头顶的鸟鸣，释放出氧气
把少女和歌声重新还给了树枝

时近中午，看来他们还要再忙一会儿
还剩一半没剪完。

他们抽完烟，继续干活
两旁的苹果树为他们献出了清风

到了秋天，谁还记得他们，苹果熟了
沉甸甸压弯道路，谁还记得那些减法

那使用减法的人如今去了哪里，或许
只有地下黑暗的树根记得他们

蝴蝶

我看见成群的少女
走下枝头。她们飞
她们飞。从皮肤
飞到舌尖。从一本书
的单页码飞到双页码
眼看就要飞出插图
你听，你听，是谁在唱：
“千番人潮尽，尽是为你飞”

在电视里听到布谷鸟的叫声

布谷鸟的叫声忽然从电视里飞出来
画面是一片旷野，阳光下麦浪翻滚
一个女孩望着麦田一言不发

那是一部老电影，剧情已模糊
阳光把她的头发绾起，她远远站着
云朵顺着风的方向飘过来

隔着电视屏幕，布谷鸟飞了出来
我几乎看不清它的影子，也看不清
女孩的样子。电影结束，房间空空的

时间是一把刀子分开了鸟翅和空气
那一年爷爷的酒杯空了，他的房间
也空了。布谷鸟的叫声斟满了酒杯

爷爷却永远回不来了。我关上电视
布谷鸟也就被锁进了屏幕。玻璃材质
的屏幕阻挡了它。鸟与外界毫无关联

中秋的月亮

中秋之夜，人的才华服从月亮的分配
露水低于月光。果子没有翅膀
只好露宿枝头。人的目的低于天空
星星高于仰望。风的局限性在于

无法一语道破肉体腐朽的本质
一盘亮晶晶的月亮，推翻我们
对自身的看法。我们孤寂而守旧
奔波，流浪，相爱，别离

为目的不择手段，被欲望捆绑
而人心不可能在月亮下隐藏太久
今夜，月亮布下一道道流水
精神的建筑于无边的白光中沉沦

人间并无怀念，是一轮满月
教我们躲避黑暗，学习丰收与失败
把一颗红透的心写在叶子上

一月序曲

如果我从你的远方撤退至记忆最深处

会不会有一盏灯，从熄灭到光明
用一条路纠正风在黑夜的错误
流逝的人，流逝的草木，都无法回来

岁月永无止休，花开花落永无止休
有人乘着一首歌的扁舟顺流而下
你在水面写字，河流向东，永不回头
我写下的诗，唱过的歌，在窗前发芽

雪光

时间穿透雪地，树枝伸进语气
天空鼓舞我们的舌头说出雪的光
遥远的雪光，废墟或崭新的形式
一切盛开着的，最终也会凋敝

不妨虚构：雪花在你脸上闪烁
空气中天使展开了纯银的歌喉
辽阔的雪野举起天空和群山
雪花是真实的。事件和白纸

在回忆里尖叫，蝴蝶和月亮
第一句和最后一句，被雪照亮
怀念和风景途经我们的舌头

拧开词的开关，在一片开阔地
无边的雪野通过白光暗示我们
命运的谜面，宁静而神秘

生日，对两只鸟的观察

我的生日在九月。秋天无边无际
阳光是银子做的。我在异国他乡

望着窗外出神：两只鸟在枝头梳理阳光

较大的一只，显然是妈妈了，她正给
小鸟梳理羽毛，一下一下，轻轻地
清风吹拂它们

一片阳光薄薄地盖住了它们
茂密的枝叶间，它们的叫声相互交织
一小片晴空被轻轻托起：蜻蜓在写诗

在密西西比河平原，风从落基山脉
一跃而下，向东来到我居住的街道
两只鸟的叫声使这个下午陌生而空旷

鸟妈妈扑棱一声飞走了，不多时飞回来
她衔着的应该是一条虫子吧，小鸟叫声
有些急促，我看见妈妈嘴对嘴喂孩子

日光倾斜，风似乎急着赶路，自西向东
到处都是风的脚印：一棵树，两只鸟
它们的叫声，被空气翻译成泪水和白纸

黎明的月亮

一夜未眠。现在天光初现
月亮偏向西南。月光是一把
虚晃的手术刀，隔着玻璃
伸进我的身体，游走，解剖
从细胞的缝隙，取出病例
我的阅历和愚蠢，被一架庞大的
医疗器械取出来。风从月亮上
俯冲过来，远山寺院的钟声
被风吹过来，也许一个信徒
的决心与诚挚对于月光来说

脆弱得不堪一击。尽管月亮
行将熄灭，它的灰烬一点点
坠落在大地上。但我感受到了
神的召唤：
里面的温度和情节，剧情的
曲折与急转直下，那逝去
又反复归来的人影与建筑
在黎明渐渐升高的红晕中
被反复涂改、重写，而此刻
月光的手术刀已经被我领略
那寒凉，那尖锐，那不被
遗忘的人间大美，那失落已久
复又反复呈现的爱与生活
就在窗外悬挂，直至日出东方
一轮疲惫的月亮消失在地平线

早春

你还没来，天就亮了
桃花还在沉睡，阳光照着我
潮汐还在远方唱歌

潮汐啊，请让我抚摸你的声带
你唱过的歌，我要听
你吻过的地平线，我要再爱一遍

我要你的山水在我的身体上起伏
早春二月，猛兽在皮肤下弹琴
词语在咆哮。果实若没有熟透

星星又怎会垂下微茫的泪花？
枝条若缺乏体温，春风何故吹荡？
万物投奔我的心，你的名字

是否被一颗钻石咬紧？没有人来看我
没有人在风中送来适可而止的清凉
除了你，我不会在深夜爱上任何花瓣

你要吻我。在我低下头之前
你要拿掉我额头的迷茫
你要抱紧我，在月亮升起之前

谢春枝 的诗

XIE CHUNZHI

2018·跋

冬至后，大雪，无雨
一年中最长的夜晚，正适合
理书，煮茶，关门闭户
趁词语尚未结痂，做一回南面之王
巡检三百日跑马打下的
纸上江山

把尖锐的弹孔填平
未决的城池不妨鸣金收兵
芨芨草和骆驼刺去镇守荒漠
戍卒们解甲归田，渔火、炊烟各司其命
每一寸边境都通关安好
市井中，人人学会绣口兰心

最后，引几尺银河飞流直下
第十二夜，万物终于如婴儿肌肤般透明
疆土再无点墨，放眼俱是留白
请上天赐予人间
一叶干净、全新的
序言

雨荷

一夜雷鸣
打翻了所有瓶子
庭院，涨满五颜六色的情绪

雨，漫出陶缸

荷，豆蔻年华
拼命从水里仰起
红褐色的小脸
和春一样，娇弱性急

风吹皱一圈圈涟漪
她趁机喊出欢快的声音
在啊，在啊
我在这里

中秋引

人间烟火太盛
一颗石子的孤独，被越洗越薄
并调制成餐桌上最后一道羹
桂花落没落不要紧
如果空闲，伸手就能拢来满怀秋声

今夜，我们无须望月
所谓盈亏，不过
一个人在另一人心里种下的药引
山水温润，残缺也可酿出上好光阴
每一次对饮，足够治愈空荡荡的黄昏

最怕一枚高悬的胆
需要咽下黑暗中所有苦，才肯吐出
幕天席地的白，情愿站成
刀下那棵树，以不死的枝叶
化解，你亲手勾兑的毒

木耳

木耳一生中，会经历两次爱情

一次从木，赴梁生的约定，荒坟上结茧
携清风明月死里逃生
第二次从水，烟火中放低身段
夜褪尽，城陷落，素衣云鬓
欢喜直抵命门
竟忘记留下，活命的空气

隐藏的悲伤

是时候了，夏天已经写好答卷
需要一场认真的雨水来收官
蔷薇开出黑色
身为草木，离别不过周而复始的修行
在落日褪下的茧里搁浅，不肯说话的鱼
等一声长笛破冰

没有雪，月光会把石头洗白
镇纸皴痕满面，摁住跳动的词语
所有未曾起飞的，不许再生出翅膀
看，万物多么仁慈
你走后，它们都甘愿做了
我的同谋

在这苍茫人世的枝头上

在这苍茫人世的枝头上
我是否是一枚过重的果实
血液，比任何人都年长？
但我始终感觉我在你的右肩之上
眼睛带着性别的张望
爱彼此的宿命、偏执、流放地
也爱着自在的肉体和彼此命运的逆时针
当一只手永恒地
伸向世纪阴湿的细雨
群星的法则
正与真理背道而驰
身体有如华美而狭隘的裙袍
被虫子啄空了内心
它将呼唤我——痛苦

在旷野

春天带来一部旷野诗经
——蒲公英、石蒜兰、春黄菊、满天星、紫云英
香蒲、芦苇、车前草、芨芨草、红柳、野息香
水麦冬、茅香、冰草、曼陀罗、水杨梅、龙葵、沙蓬
黑枸杞、羊角奶、泡桐、香青兰、山杏——
还有好多植物
来不及被人类命名

每一种植物都开唯一的花
有着全部的新
去吞咽，去燃烧

那骄傲而又孤独的力量

每当这个时候
我聚集起全身的血液
低下苍白的额头 听见并顺从
南疆旷野中全部的嗓音

只有——

自然界中
只有植物的花语有着恒定的感情
不像人类僵直的舌头说出的话
有时是禁文
有时却成了墙语

所想

在一个牧场和另一个牧场
人吃着羊 谈论着羊
谈论着它们的毛皮和芳龄 以及
与弱者一样的胆怯 、温顺、易受惊的性情

羊不知道，人有时也是羊
是它们的
从一个栅栏跳到另一个栅栏的同类

单数

任何隐秘的事物都需要对称
如果人死于所爱的事物
也一定会死于所恨的事物

这个从地狱返回的人
在言辞无法到达的人性的寒冬
却是一个单数
一个既无美感又缺乏道德的
单数的人

她有单个的阴影 单个的语言
单个的是与非
单个的、同时生产蜜糖和苦盐的国家

我以为

我以为走到天边
就再也看不见漫漫尘土
——它们中的每一粒
都取自塔克拉玛干的心脏
每一粒 都有着不曾面世的坚硬和孤傲
像玉石
也像身体曾丢弃的一粒沙

多年后 我遁入异乡人的梦境
这一粒沙子
在身下已拱成一整座塔克拉玛干倾斜的沙床

绿洲——

沙枣花的缝隙已愈合 像我脸上
鲜明的轮廓
那细碎的黄色花瓣
正为我身体的欲望开路——
在绿洲的黄昏与阴影之间
在热风和令人作呕的蝇阵之间
也在北方与正午之间

缓慢

我要在持续的仰望中
看到一颗星辰的孕育和最终消散的一瞬

我要用流水给马配鞍
把鸟羽摇向云端

我要在世人交换银两和体液时
交换你我的沉默

我要用有限的生之力量
像地鼠那样掘开生活焦虑的根

我要在这个时代与你们同时加速
——但是我生着缓慢的病　从不抵达

万物

看见万物内部的美是可怕的
一些事物在膨胀
而另一些在变轻

我爱这世间万物
我要和她一起起伏动荡

田晓隐 的诗

TIAN XIAOYIN

还乡录

西风枯瘦，不能填满空空的胸腔
闰九月，一程返乡的路
车前子、狗尾草、苦郎头重新返黄一次
行囊干瘪，把路途推向苍茫
而少年丢失了铁环，一头撞破了青春
着青衫的我，正踌躇在深南大道
任由车流和灯火装点我的寂寞
也荡尽我的余生
驭马鞭藏于腋下，抽打着第一根肋骨
抽打着远去的火车
抽打着拥挤在站台的指示牌
在一杯夤夜私奔的酒里虚构
虚构一座疗养院，让宠物进去铁环出来
让落叶进去白云出来
让闰九月的火车进去，两条铁轨出来
西风陡峭，剥削着异乡那消瘦的面颊
每一次停顿，就是一个漏洞百出的刻度

去向不明

走在江边，我看见落日走进水里
剥漆的亭子走进水里
一低头，我看见自己悬挂在
亭子和落日之间
很宽的世界一下子被拉得很窄
在我肩头盘旋的蜻蜓，在水中没有倒影
微小的东西需要仰望
比如那一朵朵即将越过枝头的花朵

凋零，浮在水面上最终去向不明
落日和亭子在夜色笼罩的水中去向不明
看不见我的倒影
我被架空。风一再抽打自己
夜色中的水域并没有赐予我岛屿

旧病

六月，一些脾气来得断断续续
一如檐前雨滴
牵牵绊绊，不畅快。失言的人捏着喉咙闷声咳嗽
“祈祷雨更大更持久些
最好让经年那些埋葬在喉结中的风湿病复发”

我能想象我的老年

西风把我撕裂
站在红岩寺风垭上
我的沉默是一种态度
一个老人挑着一担空桶从山脚往上爬
山脚下的那条河叫泉水沟
流入沮水
再流入枝江
最后流入长江
老人的空桶里面是一个晃动的大海
红岩寺的人越来越少

失忆的灯

我开始恐慌。对于自己的健忘
左右肩头燃烧的两盏灯
指示活着的人总有一条路要走

父亲曾对我说
这两盏灯也是走夜路的武器
代表魂魄或者火罡
故而父亲一直叮嘱我
走夜路时切忌左顾右盼
要么停下，转身看，仔细看清楚了再走
要么一直走，不回头
我忘了我是转身回头看过了再走的
还是一直向前走的
现在。我站着。没回头，也没走

在你的村庄地老天荒

你在你的村庄，掰苞谷
玉米胡子发乌的时候，你手书一封
捎三斤盐回来。顺带摘路边的花椒
村里的日子没有咸味
我裹着被单，在一场梦里丢盔弃甲
去过你的村庄。带走你的体味
你说：真是个笨男人。
大铁锅里缺的不是味道，而是一副碗筷
白云被风吹散还是白云
树叶落光，鸦鹊在枝条上喊：死回来，滚回来。

班车载着一车小偷开出村庄

一辆班车开出村庄
车上的人目光盯着窗外
像一个个盆满钵盈的惯偷
腋窝塞满酒气
耳蜗里灌满咳嗽
肋骨上是土味和腊味
班车开出村庄的时候阳光很矮

远山上的雪线正在一步步后退
忽然有个人很担心
这车要把我们载往大城市
师傅长年都在山村跑
会不会在城市迷路
担心的同时他感到悲哀
临走的前一天才想到去看外祖母
结果迷路了
他像一个小偷一样流窜在熟悉的故乡

我对白雪的亏欠

麦子喜欢的白雪，我已经喜欢过了
昨日，麦地里钻出一位铁匠
头顶布袋，向我讨要一把斧头
我知道这是我欠下的债，是被污泥遮蔽很久的饥荒
作为一个被矫正了多年口吃的人
我已经习惯了演讲，展示我的狂妄
并且用麦芒当针尖，刺破一把老铜壶的滴水不漏
但面对这个拿着把柄向我讨要斧头的铁匠
我有断腕之心，让脱离身体的拳头
变成一柄利斧，追随铁匠
削平那隆起于麦田与麦场之间的石碌
削毁那条随波逐流的筏子
当我退回孤独，退回到让我月光抚摸山坡的落寞
我觉得矫正我的口吃是一个错误
我要亲手打造一架风箱，让它替我吞吐
而我从那抹满土腥味的土话中
再一次听懂弦外之音
还一次债，暴雪击打麦苗，火苗鼓荡风箱，弯一次腰

小概率事件

譬如在姐姐疯掉
和你拿起笔写作之间
是否有某种偶然，和必然
是否存在小概率
那些一生中只发生一次
或绝无仅有之事
它如何作用于你，及尘世
譬如那些流言——
在乡亲和父母双亲之间
在村庄和山冈之间如何凝聚成风
并在一棵树身上掏出一个洞
哦，那些小概率譬如陨石坑
譬如流星撞上流星
譬如我撞见你

譬如此际，我提笔写下，这首诗

我见过回黄湾的人

黄湾拆迁还建之后成了一座空湾
人们去了离此三里外的胜海家园
那里有整齐划一的高楼啊大厦
更多的人喜欢自家高高的阳台
黄湾是无人回来了，像一座鬼村
偶然有一阵风分开齐腰的野草
嘭嘭嘭撞开一户又一户大门
屋里的窗玻璃随之砰砰落地

我只见过两个回黄湾的人
一个是队长，他承包着村口的池塘
另一个是我的姐姐
她爱一路说话一路走回黄湾
她总是自己说给自己听
她会咚咚敲打老屋的门
她会围着老屋转圈圈
她会贴着窗玻璃朝里面看
她是在那个房间疯掉的
对这鬼地方，她记得比任何人都深

生死毗邻而居

前面是村庄，中间有一条小河，
后面是田野。再后面，是坟场。
更多的坟，散落在田间和地头，
或农家自己的菜园里。
彩花使它们格外醒目，
一道绚烂的标。
偶尔可以看见坟头长着一棵
笔直的树，当一只乌鸦驻足，
它鸣叫时的高度，让人恸哭。

当我站在父亲的坟头，
我看见家乡无边的田野
围绕着一个中心。
万物在此生长，簇拥着村庄。
我又一次走在窄窄的田埂上，
父亲曾带着我，无数次走过。
这熟悉而陌生的路途，
没有一座墓碑不静谧。
没有一处青草不蓬勃。

我戴着妈妈的手表

流经过妈妈身体的时间
重新在我的左手腕上嘀嗒
它的节奏依然准确如初
可是一个女人已经衰老

这是一块1970年的银白色手表
火红的年代，宝石花牌
曾经，妈妈以它为坐标
却在坐标系的曲线中逐渐衰老

如今我清理故居时发现了它
我上足发条，把它戴在我的左腕上
它一度攫取了妈妈的体温
而爸爸，一生也没有戴过一只手表

姐姐的手表——充满了药味
弥漫并笼罩着她的整个房间
我左腕上的嘀嗒声将注定不同
只是一个，或两个女人已经衰老

片断

我关掉水龙头，从那洞穴里
仍然滴出了最后的三滴水。
一滴比一滴迟缓、艰难
仿佛我一生中难以分娩的时光。
那最后一滴，围绕着钢圈边缘
慢慢积聚成一个椭圆形，
越来越大，越来越圆。
当它承受不了生之重量时
“啪嗒”一声落在地上，
随之从水管的咽喉深处，

传来死神“唉”的一声叹息……

看得见风景的房间

一本户口簿，户主是陈家慧。
我已辞职多年的工厂主。
一张银行卡，一张房产证，
它们的长度和硬度令我陌生。
只有离婚证带着温度。
那里夹着一张契约，
关于孩子的，秘密。这些
都放在我的书柜里，与跟随
我二十多年的书籍轻言细语。

房间里唯一转动的是女儿的
眼睛，正盯着我手中划动的笔。
她好奇不停出现的黑字，与红字。
相对于白纸——我靠这两种颜色
我靠这些，和那些，活着。

关于分贝的诗学

飞机发动机 150 或烟花爆竹
枪声 140 死亡的分贝值
摇滚音乐会 130 呐喊的绝对值
随身听的最高音量 120
飞机起飞或卡拉OK 110
电钻声 100
嘈杂的酒吧 90 我下班后光顾的地方
熙攘的办公室 80 我每天的常态
超市 广场 街道 70
这些相对值与绝对值
充塞我的耳朵

我在纸上记下它们
也许是为了表达　或遗忘
唯有你的声音低至耳语
20分贝　只有我一个人听得见
其他声音　因此一路向下
向低处　被赋予意义　或无意义

朱砂

朱砂根一边死亡一边重生。
在酷烈的夏日，
它的某些叶子失去水分。
焦黄、枯萎、干脆。
另一些叶子，
在垂死的边缘抽出幼芽，
并迅速长大。
这是奇迹，如同我和你
在生死交替中
开白花
结红果
落黄叶
抽新芽。

感恩辞

最好的城是郓城。
最好的镇在新集镇。
最好的树在漆家井，
一棵百年老槐树伫立在村口。
那一年，我们一起在树下磕过头。

最好的山是青龙山。
最好的寺在报恩寺。

最美的风景在道观河。
二十年后，当我们再一次
站在道观河报恩寺的门口，
香火和经声立刻环绕着我们。
晨光，也静静洒在我们肩头。
身后有人突然说：看——
晨光中起伏的群山多么美！
我们回头顺着光望过去，默不作声。

从前的雪

从前的雪说下就下
奶奶刚出门
头发就白了一层又一层

从前的雪大得像童话
一枚雪花　足以
盖过奶奶的三寸金莲

从前的雪紧跟着奶奶
去饮了牛，喂了猪，赶了鸡
直至晚炊的灶火旁

从前的雪消融得轻而快
就像奶奶一样
饭还没熟　奶奶就没了

鱼

小鱼组成
一排排银色的钉子
咬住船底
而大鱼则逆着水流
一次次起飞

喜欢游泳的孩子
能潜入水底
做一枚会呼吸的银钉
也能跳出水面

朝龙门奋力一跃

晒场

晒场的骨架
被石磙锻打
爸爸抽老牛一鞭
赶在暴雨来临前
碾完满场稻谷

晒场的胃口
被谷堆撑开
妈妈交代我
趁天晴多翻晒
提防麻雀和鸡鸭鹅

晒场的生命
被丰收提纯
爷爷守着谷堆讲古
好日子不用逃荒
且取一席月光佐酒

清明

从一个坟头
窜到另一个坟头
赛似野兔
赶在小伙伴之前
发现未燃尽的蜡烛油
珍宝般收纳进小铁盒里

从四年级开始
这些奔跑的孩子就将

敬献给先人的光明
从一块块墓碑前
移植到
一张张晚自习的课桌上

乡下

可以赤脚奔跑
一不小心就踢翻指甲盖

可以打灯笼（裸体）划水
水鬼倒是喜欢拉小孩做伴

可以满湖坪纵火
只要在天边的云点燃前逃走

可以撒野无法无天
同时承受水溺雷电锄头镰刀

就这样
我许多的童年伙伴
得以永留乡下

老祠堂

老祠堂
青砖黑瓦
住着祖宗
也住着乌鸦

老祠堂
年关唱戏
除夕失火

龙和狮子腾空而去

老祠堂
不再舞龙舞狮唱大戏
新起的戏台上
摆着一口瘦棺材

无名墓碑

我的小学建在坟场上
操场上躺着几块无名墓碑
我们曾在上面反复晾晒
过冬的柴火和潮湿的身体

有那么几个夜晚
从男生宿舍的窗户望出去
月光像烛火一样
从墓碑上徐徐燃起

萤火虫

月亮被天空磨成钩
大人说不要用手指它
小心割耳朵
直到它碎成满天星星
落到人间
变成遍野的萤火虫

我们多么幸运
指了月亮没被割耳朵
反而把碎了的月亮
落到人间的星星
捕捉到瓶子里

照亮小小的梦

孩子

挖第一下地基时
妈妈就感觉到阵痛
来自大地浅层
却深入她的腹部深处

这是她建的第一栋房子
地基已经深过她的腰
像掩埋了她的大半生
土层堆得越来越高
而阵痛越来越频繁

这是她的第六个孩子
一个计划外的孩子
他的第一声啼哭
诞生在新房的地基里

多年后他写下第一行诗
就像妈妈挖出第一锹土

姚永标 的诗

YAO YONGBIAO

花工的上午

花工的工作
就是在太阳出来的时候开始
给满园的植物浇水
每株一次
也不必太早　大约九点钟
先到工具间取水管
进去的时候两手空空
出来时沉沉的一卷
黑色的橡胶管子缠在花工身上　密密麻麻
小个子花工　挎着水管
走过花丛
像一只毛线团　缓缓地滚动
花工可以忽略不计
直到把水管放到取水的龙头附近
从最底层　掏出水管的一头
固定在龙头上
用细铁丝扎紧
使之在有重力的情况下不致滑脱
然后把面上的一头握在手里
带走　这时
黑色的橡胶管子跟在身后
长长的水管卧在浅草丛中
像一条蛇　用腹部行走
小小的花工主宰了长长的管子
等于把握住了事物的要害　直到后来
停在离水源二百米开外的地方
把管子放在地上之后

又顺着原路返回
打开龙头
听着嗞嗞的声音
那些尚未打开 还盘在地上的管子
一阵抖动 无形的水
先是变作一段闭合的弹簧
一圈一圈 接着
又变成细长细长的一条
很快地跑了
花工小小的个子
是跑不过自来水的
等到他赶到出水口时
附近的地里已经湿了一大片
现在他抓起水管
开始很准确地浇灌
先是给一些盆景和乔木上水
我注意过他在每一只花钵里停留的时间
平均相差不到两秒
然后轮到一些花草
花工放下水管跑回来将水源关小了些
再一次回到出水口时
水势明显地减弱
然后又扯了扯水管
使出水口离花草更近
接着还用手试了试水的冲击力
才放心地为它们保湿
以上是一个花工的上午
工作的全部 浇完水
时间已经接近正午
或者太阳刚刚偏西吧
这要看是什么季节
无论什么季节 在花工的上午
我已经感受到各种美德

锯木厂的悲喜剧

锯木厂的老王
体重不足五十公斤
身高一米六〇
一天锯几百立方米木材
全靠机器的力量
老王在锯木厂干了三十九年
一开始是拉大锯的
每天干十几个小时活
连老婆的袄子底下都散发出一股木屑的气味
老王说那时的木材特别结实
今天的锯木厂安装了立式电锯
老王的工作是先将电锯切开的树皮拿开
放到废料堆上 让纤维板厂来的卡车拖走
等他再转过身来时　第一张板材便切好了
从现在开始
他就一张一张地拾掇它们
最后将一座庞大的木材堆垒出好看的花纹
电锯锯开的木材线条笔直
板面平滑如镜
这是老王从来没有过的手艺
那天整整一个下午
我在老王的锯木厂里看锯木
看着看着　眼前便出现了幻觉
我看见了福记酒楼的梅菜扣肉
十元一盘　整齐　而且口感极好
这使我惊叹机器的力量
同时感到木材的软弱
锯木厂里的木材
都是树木的主干部分
曾经那么坚挺　现在
都被锯成了板状或条状

还有一些则成了废品
轨道车　立式电锯　各种颜色的按钮
构成了现代化的锯木厂
它削铁如泥
完全不在乎一堆木头　和
锯木头的人
锯木厂不敬畏树木了
庞大的森林也迎刃而解
至于我们
还有什么无法改变的呢

和父亲一起栽树

和父亲一起栽树
不是一件很轻松的事情
事先必须准备好两把大小不同的锄头
和一只土筐
将水桶贮满水
再准备一些碎石和瓦砾
然后开始挖地
深浅　或方或圆
则根据树苗的大小而定
有时半天才挖出二三个土坑
顺利的时候
等我把一桶水拎过来
在房屋一侧　距墙根不到十米的地上
已经出现了一排大坑
最早挖成的几个已经有一指厚的积水
父亲在其中的一个坑里比画了一阵
对我说　去　再捡些瓦片来
说着扔过来一只筐子
拾起筐子离开

我才发现每个土坑的底部
除新土之外　都添了一些鸭蛋大的石子儿
不用问　父亲要在这里栽一排银杉
把最后一筐瓦片倒进树坑以后
父亲拿起那把大一些的锄头
将它们砸成碎片
再拌上一些刚挖上来的新土
一个舒适的树窝便做好了
疏松　湿润　细软
石子间的缝隙可以呼吸
我们将事先准备好的树苗搬过来
每一棵树苗都带着复杂的根须
这些根须现在含着泥土　缠着草绳
像一个硕大的线团
大小几乎如同树冠
父亲小心翼翼
把它们一个个抱进坑里
然后扶正　踩实
等到我去为新栽的树苗润水的时候
它们都站了起来
整齐　挺拔　风姿绰约
父亲行走在它们中间　顿时显得矮了
这时父亲突然对我说
三十岁栽杉　还可以睡得到它
我懂这句话的意思　是说　对于杉树
三十岁栽下一棵
等你老了
就可以用它为你自己做一副棺材
现在算起来
父亲当时刚好
三十出头

严彬的诗

YAN BIN

给亲人的诗

如果我认识列尔莫德·托雷、罗尔斯
大诗人的外曾祖父伊西罗多·苏亚雷斯
如果我得知族谱上熟悉的宗亲中
有在地方战争中负过伤的男人
我也会写几首标注名字的诗，送给他们
愿他们死后平静中有来自后辈的敬意和谈资

我的母亲，一个死于忧郁的普通女性
我的祖父，一个在人民公社中写过介绍信和接收函的男人
他们是严茶玲、陈春林
回家时我用刻有严定洋的大碗吃饭
坐在写着陈普河名字的凳子上
有时我还会翻出写有我名字的练习册
想起几个寂静上午推门进来的人

那是我的姑姑严曼香
或是我健壮的叔公严必华——有时我会忘记另一个叔公的名字——
他是一位厨师，一个能言善道的人
和我爷爷一样，他能说出涧口村一百年的历史
村庄里出生的大多数人的故事
冬天枇杷树长出白色花苞
春天几家人合用一头水牛、一把木犁

很多事说忘就忘了
如果我坐在一把合适的椅子上
就像现在，在水穿石咖啡馆
阅读阿根廷诗人博尔赫斯的早年作品
我多年在外，也会想起这些：

这些人与事，连同我的记忆，我的新茶杯
都是浏阳河朝东的呼吸，几代人的生活

河底磨光的瓷器有时被冲到岸上
碎玻璃，来自上游的鹅卵石……所有的邻居
随便你问起什么
总有声音会做出回答
田间小路有时会改道
小河桥边的野花野草从不改名它们的名字

土地神

记得活人有活人仪式……
没有一个乡村不需要庙宇，
全能的神就住在里面，
掌管全村的土地、流水和风向，
治疗熟人的啼哭、心悸、夜盲症。

只要有人诚心祷告，
他就会从帷帐后面走出来，
不拒绝任何人，对灵魂负责，
指认初生的婴儿父亲和母亲；
他也将为死者安排好离开的路。

每个人都可以成为家庭通灵者，
在一尊神像面前获得有用的启示。
我的祖母将祈愿文传给母亲，
我的母亲成为新年第一个早起的人。
一年四季的风吹过村社。

你看那最小的神在房屋和田间游走，
他总是无所事事又无所不能。

建房子

一百年来，在浏阳河沿岸，
修房子是所有成年男人的心愿。
一场战役能塑造一位英雄，
一场洪水能带走一口池塘里的鱼，
但樟树和杉树不会在一个夏天长成，
一栋房子要耗费一个男人的半生。

我爷爷的爷爷曾指着腐朽的房梁说：
这间房子会在明年洪水前倒塌，
你堂客不会自己坐着轿子来到涧口。
这些简单的道理就像
从黄土岗挑泥巴烧制红砖，
从浏阳河里担卵石垒墙脚。

我爷爷是个地道的农民，
他种菜，种水稻，去河里捕鱼，
我叔叔是全村最好的三个泥瓦匠之一，
我弟弟学过汽车修理——
这些都不能阻止他们成为房屋修建工，
在自己的土地上修自己的堂屋和卧室。

一个男人应该能自己建造房子，
在屋门前用茶叶和水果招待邻居，
不让妻子一个人在潮湿的屋里叹息。
家家都有猪圈和牛圈，
将家禽放养在院子里；
在古代，一个男人还将为自己建造马棚。

现在他们都住在自己流过汗的房子里。
我爷爷的房子已经旧了，
我叔叔的房子长满青苔，

我弟弟的房子从未浸泡河水。
一百年过去了，这是故事流逝的周期，
也是一个人从出生到化为尘土需要的时间。

张打铁

张打铁，李打铁，打个荷包送姐姐。
——浏阳民谣

那时张铁匠和他的两个儿子就在这里，
在这里吃饭，睡觉，每天早上从屋里拆下门板：
太阳出来了，生铁的味道又漫到马路上。
他从屋子里叫醒两个儿子，
还没有成家的小伙子们有的是力气。
他们开始生炉子。

张铁匠将打好的铁器一一摆在门口，
锄头三到五斤重，镰刀摆成一排，
菜刀的刀口在晨光中露出一丝银灰色。
等到火炉中的木炭开始燃烧，
他的小儿子就在风箱边开始劳作，
他的大儿子有时会带着铁器送货上门。

他为老主顾的铁器打制各自的姓氏：
姓赵的，姓陈的，姓张的，姓欧阳的，
我爷爷的锄头和柴刀上都有一个严字。
张铁匠挥动铁锤，他改造过自己的兵器，
想起当年长沙大火，
他跟他父亲一起抢救出来一担行头。

后来他们使用的就是那些父亲和祖父留下来的
炉子、风匣子和大锤。又回到自己的老屋，
左边一家是包子铺，侧门是家棺材铺，

在镇头街上所有的顾客都是熟悉的人。
铁器的磨损不快也不慢，
他们没有减损过一口锅的寿命。

直到后来屋顶长起出茅草和青苔，
他们的大门板也慢慢腐朽。
在高压锅流行起来的千禧年末，
张铁匠家最后一批铁器打完了。
尽管有传言说在有皇帝的年代，
铁匠的地位仅次于将军：

因为他们手上的兵器都是铁匠制造的。
张铁匠家的门还是关上了。
人们后来在街上见到的是：
馒头铺还在卖着包子和馒头，
棺材铺为死去的人提供棺材和寿衣，
但张铁匠家的门板再也没有打开过。

他家的房顶上茅草越来越高了，
他们的儿子们都到镇上做生意去了。
只有夏天的风依然吹过整条街，
家家门前的杜阴树都在沙沙响。

邻家妇

那个女人早早走出家门，
仿佛自己是一家之主，
每天清晨检视她的财产，
安排全家的起居和劳作。

她去东边看两棵芭蕉树，
去屋后看猪啊羊啊。
野芋头叶子喂猪最好，

她叫女儿起来喂猪。

像所有的乡村女人那样，
她手脚麻利，喜欢打牌，
脾气一般但人缘还不错；
后来她病了，邻居常来看望她，

坐在正房里和她聊天，
她喜欢吃梨子，就送她梨吃。
她喜欢在外面喊人的名字，
好像所有人都要走了。

她对着门前的几棵树喊：
波波啊——波波——你快回来——
洪水来时总是第一个知道：
她在河边跑，在菜地中跑。

她已经疯掉了；
后来她就死了。
死前女儿已经嫁到北方，
生下一儿一女，
名字刻在她墓碑上。

蔬菜地

黄瓜藤伸出小手它们长出来了，
弟弟们喊我来菜地看——
是的，新的黄瓜苗长出来了，
两垄黄瓜苗正顺着瓜棚往上长。
辣椒和西红柿正在结果，
太阳和新鲜的空气正伺候着它们。
我们的菜地像花园五彩缤纷，
蔬菜的叶子上有露珠、大粪和农药，
脚底下埋过复合肥、人和牲畜的尿。

而我们将尝到黄瓜、辣椒、西红柿，
它们都有自己的味道。

两株杉树

我家门前曾有两株杉[1]树，
并排长在一条两尺宽泥土发白的小路旁。
那条来自古代的路穿过严氏家族的聚居地
也通向浏阳河岸。我曾在另外两首诗里写到它们：
两株杉树，象征着母亲的青年时代和

我们快活的童年。两株干燥的杉树，
它们的根部没有穿过泥炭层，
因为含金砂的浏阳河水也在地底流淌，
正直的杉树在我家门前生长——
涧口村的地下没有生活过异教徒。

时间之河如浏阳河水不断转弯，
如果我们[2]没有乘船离开过镇头，
将会见到两株杉树在十年前如何倒下。
那时我的爷爷已经去世，
他留下的木锯、砍刀放在新房二楼，

也是我母亲吞食断肠草的地方，
两株杉树作为房梁正高高架在屋顶上。

注：[1] 杉，读作 shā。
[2] 我们，指诗人和他的弟弟。

我爷爷的故事

他是个神奇的人。
生活在涧口村，

喜欢喝酒和捕鱼，
没有什么怪脾气，
又像个不存在的人。

他一年四季都捕鱼，
穿着雨靴在水里走，
喜欢捕草鱼、青鱼和无骨鱼。
当他抓到几只灰壳甲鱼，
我们全家就在一起吃晚饭，

喝白酒，打扑克，
他的三个儿子一个比一个会说话：
大叔叔靠说话建了新房子，
小叔叔靠说话娶了老婆，
我爸爸最厉害——

他靠说话身体健康，
在海南有两百多个好朋友。
有一年坐车去河北，
他不停说话，
遇到车祸死里逃生。

我奶奶去世，
我爷爷没有新娶。
他继续捕鱼，
渔网那么结实，鱼儿闻到香气，
都钻进来，

就像一起去好朋友家做客。
那么多的鱼成为我们的食物，
我婶婶用杉树烤鱼，
我妈妈用甘草煮鱼，
我爷爷坐在竹躺椅上抽水烟。

有人见他人好，身体也好，

想将一位姓李的阿姨介绍给他，
老来做伴。她有一栋自己的房子，
客厅刷成深绿色。
我爷爷没有同意。

他指着自己的老房子，他说：
你们看，这房子多结实，
橘色的墙多温暖；
我有三个儿子，
我有七个孙子，

我什么也不缺。听好了啊，
你们有空就来我家打牌，
你们去对岸就坐我的船，
见我醉了要把我扶到床上，
我会感激你们。

他把钱藏在墙角、柜子后面、枕头底下，
讲故事用罐子、皮鼓、火钳。
他把一块金子分成三枚戒指、七个吊坠，
过年夜，他坐在火炉前，
和我们烤火到家家都燃起焰火。

诗歌地理

Chinese Poetry

Poets Geography

Shang zhong min

尚仲敏

尚仲敏，1985 年毕业于重庆大学电机系，被分配到北京水电部干部司工作，后调入成都某电力院校任专业课教师。九十年代初辞去公职，创办企业。曾连续数届当选成都市政协委员。大学期间，主编《大学生诗报》，发起“大学生诗派”，在国内率先明确提出“口语诗”写作，对“朦胧诗”进了颠覆性反叛。1986 年参与发起“非非主义”诗歌运动，任《非非》诗刊创刊号副主编。八十年代先后发表《对现存诗歌审美观念的毁灭性突破》《谈第二次诗歌浪潮》《反对现代派》《为口语诗辩护》《向自己学习》等长篇诗论，被认为是第三代诗歌的主要理论家和批评家之一。同期写作的诗歌《祖国》等，被认为是第三代诗歌的主要代表作品之一。八十年代获得《诗歌报》主办的全国首届探索诗大奖赛一等奖 ,2017 年获得首届草堂年度诗人奖 ,2018 年获得第七届天问诗人奖。

五月

进入五月
形势变得明朗
先做一个不抽烟的人
喝酒要看场合
古人说得好:
美人在侧，岂容时光虚度
五月是个小月
人会变得很急
朋友们各怀天下
八方游走
有人云端纵酒，懒得作诗
也有人一脸坏笑
去向不明

做人

如何做一个烟酒不沾之人
如何做一个谦谦君子
先生，我已恭候多时
你来的时候
西风正起

你那随从，皮肤白净，垂手而立
如何做一个饮茶之人
做一个爱运动之人
美人迟暮，大姐成群结队
鱼贯而入
如何做一个坐怀不乱之人
饮酒而又能不醉
先生读万古书
飞檐走壁，大盗天下
如何做一个玉树临风之人
做一个身轻如燕之人

先生，你接着说
我洗耳恭听

深夜

一个人在深夜
突然会想起另一个人
想起他的一句话
一个微笑，或另有深意
想起那年在一起，喝过的酒
唱过的歌，歌声引来了野狗和警察
在深夜，你会想起你的女人
此刻已深深睡去
而你在外地，点上一支烟
却又把它掐掉
你如此烦躁又坦然一笑
你到底是在想她，还是
想起了往事
你感到一个人再浩瀚
在深夜，也大不过
一只飞来飞去的小虫

雨中的陌生人

雨天总让你心动
特别是深夜，雨落在树叶上
落在一个孤单行走的人
的雨披上
那个人是谁啊
在窗口你是看不清的
他为什么这么晚了
还一个人走在雨中
“星座不合是个大问题”
你似乎帮他找到了答案
但是雨，可能一直要下到天亮

诗歌是一门手艺

一个女孩和我谈起天气、美元、玫瑰花、远程导弹
谈起匆匆而过的春季
以及暮春暖阳下的忧伤
她说，宋江为什么
只反贪官，不反皇帝
她说，有人靠诗歌得到
烟、酒、海鲜、火锅
最后，她一脸懵逼地问我
那么，敏哥，诗歌又是什么
我说，诗歌是一门手艺
传男不传女

午后

午后，在眉山
苏东坡的家门口
一杯清茶
使阴冷的冬季
有了一些暖意
我早已不再随大流，凑热闹
繁华褪去，世事沉寂
东坡兄，在眉山一带
也只有我才敢
在你面前写诗
写完这首诗
我将谋划更远的行程
无论是南下苏杭
还是北上泰山
我都将开始
一个人的旅行
在人人都会写诗的古代
东坡，你的志向是做大官、救天下
而我，只是一心想着
怎样才能

把这首诗写好

致橡树

前几天和省委宣传部几个领导
考察一个文化项目
晚饭点了四菜一汤（符合八项规定）
我都没有怎么敢吃
席间有一位乙方老板
自称文化人
大谈诗歌
宣传部长听不下去了
指着我说
我给你介绍一位诗人
我连忙说
我自我介绍
我说，我叫余秀华
那位乙方老板
站起来说
久仰久仰
我读过你的《致橡树》

出租车

晚上吃过饭
我的司机送客人回去
我上了一辆出租车
去另一个地方喝酒
出租司机一直在哼《映山红》
这是我喜欢的一首歌
但他唱得太难听了
我实在忍不住了
就对他说
我唱一遍，你听
唱完后

这个家伙满含热泪
说，哥，一看你就是个文化人
我是成都市五小毕业的
你读的是哪个小学

千钧一发

热，这是你说的
第一句话
你还说
这是一个
千钧一发的
下午
当你用到
千钧一发这个词
你有点不好意思

人一生有多少
炎热的、焦躁的
不可一世的下午
“过去不值一提”
你从街的对面走来
脚步声却回响在
昨天晚上的酒中

太热了
这个下午
你看起来要做出
一个决定
其实你只是
用千钧一发
来形容此刻的
炎热和盛大

尚仲敏

打个比方（创作谈）

怎样写诗、诗歌何为，一直让我绞尽脑汁，苦思不得其解。诗歌的写法太多了，那些只纠结于一种写法而蔑视其他写法的诗人，和独裁者无异。我提出诗歌语言口语化的时候，很多人认为我是一个口语诗人，我只是用口语化的方式去写诗，但我不希望人们把我归于口语诗人这一类。打个比方，诗歌需不需要打个比方？一旦你选择了口语化的语言方式，比喻消失了，更深一层的隐喻消失了，修辞（更多的是形容词）消失了，晦涩难懂的意象消失了。叙事性写作成了可能，日常生活、凡夫俗子、各色人等可以在诗歌中登堂入室，画面感、可读性使诗歌拉近了人与人之间的距离，有趣甚至好玩，让人想读，成了这类诗歌的特征之一。

语言决定一个诗人的格局，有很多写得很好的诗人，读了他们很多好诗以后，你记不住他们的一首诗，甚至记不住哪怕他们所有诗里的一句话。这就奇怪了。一个诗人的童年、故乡，他在现实世界的各种经历，他融入社会的方式，或者，一路走来，他扮演了一个什么样的角色，他的交往范围，他是一个什么性情的人，这都会构成他的格局。格局最终会通过语言体现出来。想想看，一个终其一生都在读书的人，肯定会写出好诗，书中自有黄金屋，书中自有颜如玉，所谓传统就是由书本构成的，可以反传统，不能反读书。但一些知识分子诗人为什么佳作频出却格局不够，难成大器？在他们前面，过往年代的大师，那一个个闪光的名字，成了他们浓重的阴影。他们坐在书房里，纠结于字、词、词语的繁复解构，酷似一个语言的阴谋家。我敢说，叶芝、博尔赫斯、米沃什、布考斯基等等，包括西方那些哲学家，在带给我们伟大诗歌和伟大思想的同时，也带给我们很多毒鸡汤。当我们形成自身格局的时候，我们既不需要复制前人，其他人更无法复制我们。说到复制问题，我们仔细想一想，大部分诗人都在相互模仿，相互复制。有些诗人看起来很独立，好像有辨识度，其实是在自我模仿，自我复制，他们写了大量的诗，只要稍加归纳，就会发现，这些诗的套路、句式、情绪、想法是一样的，只是同一首诗的不同扮演。是时候走出书斋，把读书人的标签隐藏起来，到社会上大干一场了。

写写身边的事，这恰恰是最难的。一不小心我们的诗就会变成流水账和大杂烩，我们貌似处于语言的现场，但在行家眼里，无异于车祸现场。写诗是一项小心翼翼的事业，通过躲在暗处的反复观察、学习，我们通常会提炼出所谓事实的诗意，并发现这些事实中固有的幽默和玄机。诗歌语言的口语化方式，更易于使问题简单化，更易于精准打击事物的要害并节约词语的成本。这又牵扯到另外一个问题，就是如何把诗写得节制，如何在小心制作的同时，又能够把诗写得粗糙、随便、不露声色和大而化之。这个时代不乏精品，但什么时候我们能把诗写得自成格局、尽显大家风范？

一个优秀诗人生来就自带气场，这既是天分问题，又是人生历练问题。写作一篇小说需要构思、规划和谋篇布局，但一首诗的发生却是突如其来的。你无法计划一首诗，你只能等待。勤奋会成就很多事情，但不会成就一个优秀诗人。诗歌通常会在非写不可的时候从天而降，你甚至说不清楚它为什么会在此时来到你的笔端。上天赋予？换句话说，诗歌就是一项天赋的事业。但仅有天赋是远远不够的。我们见过的天才诗人还少吗？很多天才诗人一生只有那么一两首好诗灵光一闪就泯然众人、消失不见。这是因为诗歌的技艺同样重要。那么，技艺又是什么？只有天赋而缺乏历练，在一大堆词语中间，你会无从选择、茫然无措。天才的灵光和炉火纯青的技艺相结合，会产生一种强烈的气场，会多次、反复、源源不断生产出优美的诗篇，而不是只能一次性写出一首好诗。优秀诗歌中的气场会把你牢牢抓住，让你从标题开始，一口气读完，伴随着心跳、激动、幸福和感激，如同你痴迷于一个心仪的女人，而这个女人已经来到了你的床边。

我早期的诗歌节奏急促、紧张、沉重，甚至有点苦大仇深，现在我一直努力使我的节奏趋于舒缓，舒缓带来美和平静，有什么话不能慢慢地说呢？我还想让自己变得轻巧、惜力、身轻如燕，该打住的时候一定到此为止，事实上，满场飞奔的球员不一定就是好球员。欢快，也是我要追求的，人毕竟更需要快乐。在调侃和自嘲中发现语言的奥秘，并让我的朋友们会心一笑，这可能就是我写诗的意义所在。

Xi wa

西娃

西娃，20 世纪 70 年代生于西藏，长于李白故里，现居北京，玄学爱好者。出版有诗集《我把自己分成碎片发给你》，长篇小说《过了天堂是上海》《情人在前》《北京把你弄哭了》等；有作品入选台湾大学国文教材。“李白诗歌奖”大满贯得主。曾获得首届“李杜诗歌奖”贡献奖、《中国诗歌》2010 年十大网络诗人、《诗潮》2014 年年度诗歌奖、“骆一禾诗歌奖”、《诗刊》首届“中国好诗歌”奖、2017 年磨铁年度 10 大最佳诗人奖。诗歌被翻译成德语、印度语、英语、日语、韩语。

这一幕到底发生在哪里?

我前夫
因修习奇怪的密宗法门
住进了精神病院
熟悉与不熟悉他的人
都在传说：他疯了

我去精神病院看他
喜形于色有重新爱上他的冲动
“每个探索灵性领域的人
都必须过大疯关
你走在了我前面！”
他大笑着告诉我
他是装疯

与我同去看他的诗人蓝马
悄声对我说
这其实就是：真疯

只有“妈妈”是通用语

莫纳什大学
硕士生博士生毕业典礼上
上千毕业生和家长聚集一堂
白种人，黄种人，黑种人，棕色人种
只有英语没有翻译的典礼
肃穆，傲慢，却僵硬，无趣

叫翟坚霞（音）的越南女人
接过校长手上的博士生毕业证
“妈妈，妈妈，妈妈……”
一个童稚声音在礼堂里回旋
静谧人群陷入僵局，仿佛过了一个世纪

人们纷纷起立，掌声一浪盖过一浪

我身边那位一直没有给任何人掌声
挺直而坐的高冷白人女士
不停用手纸擦眼睛
泪水弄花了她的精致妆容

子宫里的记忆

樱桃林里
女儿男友问我
为什么千雨
每次吃樱桃和火锅
吃到直不起身子

我说：怀上她时
樱桃刚上市，我一口气
吃了 5 斤，这是她在子宫里
尝到的第一份人间味道

上手术台剖腹产之前
我吃了最辣
火锅

如果你要找我

不要打扰我，看到我
也别惊诧，众多精油瓶子
音乐和书籍中间
我盘腿而坐，像个枯魂
为一个癫痫病小孩
配制可能的方子

迷迭香

我正专注调一瓶精油
你的脸突然出现
莫名其妙的悲伤袭来
我无法解释
为什么会出现这一幕

你的脸悬在迷迭香的味道之中
一同悬着的是悲伤和困惑
你的名字仿佛瞬间
从我的脑袋里清除

接到你弟弟给我的电话
半小时前，你死在了高速公路的
车祸中，临死前，你习惯性地喊着
西娃，救我！

健忘症

我妈得了健忘症
她提一桶水
在擦玻璃窗
几分钟后
让我们帮她找手机

我们几人在家里翻箱倒柜
甚至连做饭的锅里
都找过了

弟弟说：刚才屋子里进来过
一只苍蝇，只能是被苍蝇盘走了
妹妹却在倒桶里的水时
在里面看到了手机

妈破口大骂：哪个砍脑壳的
在这里放了一桶水
把我的手机藏在了水里？

我比我的年龄提前知道

亲爱的，你再没有音讯了
我也不想再听到你的
任何消息
你送给我的“钻石”项链
一直还垂吊在我胸口上
这心形的项链
我配着真丝衣裙
已经佩戴了 20 多年

我早就知道它是假的
我把它当真的戴
就是假的我也能把它戴成真的
就像你无数次骗我
我把它当真的

我比我的年龄提前知道
某一天
再找一个如你这般用心
骗我的男人
会有多么难

一代又一代的妈

为女儿汇完钱
她从中国银行出来
用剩下的 30 多块钱
买了一套最廉价的麦当劳套餐

坐在凉棚下
她跟女儿视频：好好学习
不用担心钱……

这声音多么熟悉
那时她 16 岁，妈妈为她
背来一周的米和菜，拿出
包里仅剩下的 5 块钱
递给她，嘴里嚼着冷馒头
说，好好学习，
不用担心钱……

现在她 40 多岁
妈妈已经接近 80

遗像

你房间里
依然保持多年前的模样
几架书，一张床，地毯上一尘不染
你赤脚走在房间
为我泡茶，把香烟放在咖啡里
蘸一下，点燃，放到我两唇间

你始终没正眼看我
偶尔，你会跟我说几句话
便把目光投向你的床头——
我 15 年前的一张黑白照片
你把它放得那么大，那么虚
照片下面，放着一瓶满天星和白菊

“这更像遗像，这就是遗像”
多年前你这么说过
此刻你又这么说

你不再理会我的哭泣，我的申辩

你爱的那个我死了
而站在你身边的这个我
又是谁的遗像？

沈浩波

哎呀，西娃

我在飞快宰鱼
一刀下去
手指和鱼享受了，刀
相同的锋利

我“哎呀”了一声

父亲及时出现
手上拿着创可贴

我被惊醒

父亲已死去很多年
另一个世界，父亲
再也找不到我的手指
他孤零零地举着创可贴
把它贴在
我喊出的那一声“哎呀”上

——西娃《“哎呀”》

必须坦率交代，如果不是伊沙主持的“新世纪诗典”，我压根儿，从来，就没有想过，我很多年前就认识的西娃会是个好诗人。而我此刻对西娃的评价，已远远超出一个“好诗人”，她已是一个好的、令我心生敬意的诗人。

这种感觉令我惶恐——我自忖对中国当代诗歌的阅读量已经很大，但怎么会有这么巨大的错失？那些在黑暗中写作的诗人中，还有多少美好的灵魂被我们错失？扪心自问，如果不是“新世纪诗典”的推举，我有可能会去认真阅读这位我早就认识的，觉得不可能是个好诗人的诗人的诗吗？答案令我觉得恐怖——除非命运推我一把，否则不会。

“新世纪诗典”迄今推荐了西娃十来首诗，每首都好，甚至有一首比一首好的感觉。西娃因此轰鸣着，越来越快地驶向我——作为一个同行和阅读者的心灵。我因此想知道，西娃到底有多好？我还想知道，到底为什么，中国诗歌界，包括我在内，会在如此漫长的时间中，错失这位出生于20世纪70年代初的诗人？

正好，西娃在编辑自己的诗集。我向她要来了初编的全稿。我花了很长时间，一首一首地阅读，把其中我觉得写得好的诗歌，随手复制保存到另一个文档中，最后的结果令我既错愕，又松了一口气，觉得自己作为一个当代中国诗歌的阅读者，还不算太失职和丢人——西娃诗歌有一个明显的转折点：2010年。2010年之后的西娃，如同鸟儿刚刚学会飞翔，一发不可收，一路往高里写，往高处飞。情感、灵魂、命运，越来越动人。

而西娃的第一首被“新世纪诗典”推荐的诗歌《画面》，正是写于2010年：

中山公园里，一张旧晨报
被缓缓展开，阳光下
独裁者，和平日，皮条客，监狱，
乞丐，公务员，破折号，情侣
星空，灾区，和尚，播音员
安宁地栖息在同一平面上
年轻的母亲，把熟睡的
婴儿，放在报纸的中央

这当然是一首好诗，来自一次微妙的发现，有微妙中的惊心动魄。熟睡的婴儿，沉睡在混乱世界的中央。若只是这首诗，远不足以让我重新认识这位名叫西娃的诗人。很多诗人都有灵光一现时的杰作，这首《画面》看起来太像是灵光一现了。

但紧接着，“新世纪诗典”又推出了西娃写作于2012年的一首诗《吃塔》。这首诗令我动容。西娃在诗中详细地描述了在南方的某个餐桌上，上了一道菜，是用油亮亮的猪肉做成的一座塔。西娃出生于西藏，是一名虔诚的佛教徒，遭遇了一座猪肉做的塔，人们正在动箸吃掉它。这道菜和吃这座塔的过程，足以在西娃心中掀起轩然大波，而要将这么具体而现实的场面和感受写成诗，以我的写作经验而论，其实是挺难的。这意味着某种正面强攻，一点都取不得巧，要把现实和内心都摁进一首诗中，而情感又不能失控。西娃写得非常好，从手法来讲，甚至显得有些稚拙和粗糙，但这恰好增加了那种现实对灵魂的摩擦感。在诗的结尾，西娃写道：

当他们举箸，分食着
这猪肉做成的
红亮亮的塔
我没听到任何的声音
却仿佛看到尘烟滚滚
我们的信仰与膜拜
正塞满另一人类的食道里
他们用百无禁忌的胃液
将之无声消解

非常朴素的写作，完全是内心推动着在写，现实摩擦着灵魂，她诚实地写下那被磨损的部分。如果说《画面》还没有足以让我重视西娃的写作的话，那么《吃塔》的出现，迅速地刷新着我对西娃的认识。在这首36行的诗中，我读到了一些我私心推崇的品质：正面强攻的写法，耐心而朴素的内心描述，坦诚的态度，以及更重要的，发自内心的虔诚与敬畏。我非常喜欢这首诗，在心中对自己说：这个西娃，有成为一个好诗人的品质和内心。

再紧接着，我忘记了是“新世纪诗典”的第几次推荐，我在这篇文章前面作为题引的《“哎呀”》就出来了，西娃又一次刷新了我对她的认识。这是一首经典杰作！具备了成为一首经典杰作的全部理由。在所有写“亡父”的诗歌中，古今中外，我不知道是否还有比这首更好的。这首诗的每一段，每个细节，都完美地指向了西娃心底浓郁的情感。若不是这份爱和思念的真实、诚挚，哪怕有一丝一毫的虚伪和夸大，都不可能成就此诗。在诗中，西娃在宰鱼，刀切破了手指，父亲举着创可贴，及时出现。这是多么常见的经验和细节，因为常见而实现了真实。没有什么抒情，比建立在事实上的抒情更可靠。宰鱼，割破手指，父亲举着创可贴，及时出现，构建了这首诗情感真切的基础。但是父亲，已经去世了呀。后面的写作，才是因情感的真挚而产生的生花妙笔，动人心弦：

> 另一个世界，父亲
> 再也找不到我的手指
> 他孤零零地举着创可贴
> 把它贴在
> 我喊出的那一声“哎呀”上

建立在事实和诚实基础上的动人，才真的能动人。《吃塔》和《“哎呀”》，都足以让我知道，西娃是一个真挚的诗人，是一个情感浓度很高的诗人。这太重要了。女诗人往往是天生的抒情者。但在我们今天这样一个时代，还能葆有强烈情感的写作者，已经很少了。诗人们的心灵也在被冷漠、干燥、世故的现实不断磨损着，心灵日渐干涸而不自知；又或者，受困于各种艺术和写作理念的说教，不再忠实于情感。但在黑暗中，这位名叫西娃的、已进入中年的女诗人，依然强烈地忠实于自身的情感。

在阅读西娃自选诗集的初编稿时，我也意识到，在 2010 年之前很长的时间中，西娃之所以没有能够成为一名好诗人，也是因为其强烈的抒情感。浓郁的情感，这真是一件令诗人左右为难的事情，化不开，对写作的理解不够深刻时，就会变成负担、掣肘。西娃 90 年代和新世纪头十年的很多诗歌，或枝蔓丛生，或语焉不详，或烦琐芜杂黏稠，或闪避躲闪晦涩。而 2010 年之后，仿佛突然开了窍，如《画面》般微妙，如《吃塔》般凝重专注，如《“哎呀”》般干净清晰灵巧，《吃塔》和《“哎呀”》，都是建立在浓度很高的情感基础上，会写了之后的西娃，其多情，情感之浓、之重，就一下子成了绝对的优势。关键还在于，西娃敢面对自己的这些情感啊。在她最好的抒情诗中，有几类写得特别好的，一类是写爱情，爱而不得；一类是写亡父，斯人已逝；一类是写个人的命运，忠实于失败；一类是写灵魂，挣扎、无奈、扭转、痛苦。她敢于直面。当诗人敢于直面，这些痛苦、失败、脆弱和挣扎就成为其生命中的财富。天生有这种财富，并且敢写，并且写得诚实，并且又会写了，并且越写越高级——这就不得了啦。

西娃还有一首写亡父的诗，《前世今生》：

我在院子里散步，一个正在学步的小女孩
突然冲我口齿不清地大喊："女儿，女儿。"
我愣在那里，一对比我年轻的父母
愣在那里

我看着这个女孩，她的眼神里
有我熟悉的东西：我离世的父亲的眼神

年轻的母亲对我说：别在意，口误
纯属小孩子的口误
随即在小女孩屁股上拍了拍
小女孩哭起来，她望着我，那眼神
让我想到父亲在我上初中时，与我谈起
想与我妈离婚又不忍割舍我们兄妹时的眼神
（那是他此生唯一一次在我面前落泪哭泣）

这是前三段，看起来写得挺笨的，毫无机巧，但写得耐心，写得诚挚，写得专注，像在一锹一锹耐心地挖土，往自己的灵魂深处挖，挖出疼痛，关于小女孩的眼神与父亲不忍割舍诗人兄妹时的眼神的对比，这种生活本身的细节感，直接写出来，足以动人。西娃有这种直接去写的能力，也有这种将具体的叙述与强烈的抒情结合的能力，她把抒情夯到了"实处"：

那以后，我常常站在窗口
看着我的变成小女孩的"父亲"
被她的父母，牵着
牙牙学语，练习走路。多数时候
跌跌撞撞
有时会站稳，有时会摔倒……

我欣慰又悲伤，更为悲伤的是：
她长大后，会把叫我"女儿"的那一幕
忘记，或者会像她母亲一样
把那当成口误

即便是在诗歌界的一些传说中，我也知道，西娃是一个多情的女人。因此，她当然有足够好的、关于爱情的诗篇，那些通往失败和痛苦的诗歌：

我的前面不仅有明天
还有死亡
明天和死亡都不是我的终点

我的左边不仅有你
还有心跳
有你时，我的心跳会加快一点
没你时，也不曾停止

由此我活得如愿望一样独立
跟失落一样无所依持

——节选自《跟失落一样无所依持》

而此刻，我看到7月6日
深夜的自己
像一只试图通过夹鼠板的老鼠
却仍被夹鼠板
死死地卡住
整夜流泪不止，挣扎，痉挛

是的，这跟爱情有关
我从未顺利通过
这个关口

——节选自《关口》

亡父之爱，爱情之痛。在这些诗中，西娃体现出了她的抒情能力。在中国现代诗歌的范畴中，男诗人之杰出，往往体现于高拔的现代理性精神，如严力、姚风、侯马者皆如是；女诗人中，如王小妮者，是能将理性与情感的纯度结合得非常好的诗人。但像君儿和西娃这样的女诗人的出现，体现了新的可能性。君儿这些年的写作，精神纯度越来越高，我甚至觉得，她可能会成为，或者已经是中国精神纯度最高的女诗人。而西娃诗歌的拔地而起，则完全可能再次让我们意识到情感浓度的重要，浓郁、醇厚，会如酒般在岁月中越写越香。但西娃进一步令我惊叹的还不仅仅是这些。甚至于，西娃越来越体现出的现代性与传统抒情的结合能力，也不是最令我惊叹的。她那些经得起挑剔的，写得很现代和高级的单首杰作，比如《缠中禅》，比如《墙的另一面》，也不是最令我惊叹的。所有这些，都体现了其情感的浓度与现代性因素在其诗歌中的上升，体现了她的天赋与会写之后越来越高级的写作态势。但这些，都不是最令我惊叹的。

最令我惊叹的，是我在阅读西娃的更多诗歌时，发现其浓郁情感中，还有更深刻的部分，更悲怆的部分，更坚决的部分，更锐利的部分，更讥诮的部分。这才是更致命的。

这意味着，在西娃的情感中，藏匿着一颗更高级的灵魂。这还意味着，西娃的情感，不仅醇厚，而且深刻；不仅浓郁，而且现代；不仅有身体，而且有命运；不仅有匍匐，而且有高拔。因此，这就更将意味着，这位名叫西娃的诗人，有更丰富的灵魂支撑，足以让她走向更高远的漫漫长路：

每当我的女儿
用软软的声音问我：
西娃娃，我们什么时候住大房子
西娃娃，我能不能开上保时捷
西娃娃，我什么时候能当富二代
…… ……
我就拼命喝水
有时呛出鼻涕，有时呛出眼泪
有时，呛得什么都出不来

我不忍心告诉她
在我还是文学少女的时候
就看到作家赵枚写的一篇文章
大意是：她领了一笔稿费
去商场买一条渴望已久的裙子
她站在橱窗前，把手中的钱
拧出水来
也没能买起那条裙子

如今的我，正走在这条
买不起裙子的道路上

——《在一条买不起裙子的道路上》

Chinese Poetry

第二届东湖诗歌节特辑

The 2nd East Lake Poetry Festival

2019
第二届东湖诗歌节
暨东湖诗歌高峰论坛
2019年6月20日—22日 武汉市东湖生态旅游风景区
指导单位：中国作家协会诗歌创作委员会 湖北省作家协会 中共武汉市委宣传部 《诗刊》社
主办单位：武汉市东湖生态旅游风景区管委会 武汉市文学艺术界联合会
承办单位：湖北省作家协会诗歌创作委员会 武汉市东湖生态旅游风景区工委宣传部 武汉作家协会
协办单位：中国诗歌网 《汉诗》
摄影/HANS汉声

2019
第二届东湖诗歌节
暨东湖诗歌高峰论坛
2019年6月20日—22日 武汉市东湖生态旅游风景区
摄影/HANS汉声

指导单位
中国作家协会诗歌创作委员会
湖北省作家协会
中共武汉市委宣传部
《诗刊》社
主办单位
武汉市东湖生态旅游风景区管委会
武汉市文学艺术界联合会
承办单位
湖北省作家协会诗歌创作委员会
武汉市东湖生态旅游风景区工委宣传部
武汉作家协会
协办单位
中国诗歌网
《汉诗》

2019
第二届东湖诗歌节
暨东湖诗歌高峰论坛
2019年6月20日—22日 武汉市东湖生态旅游风景区
指导单位
中国作家协会诗歌创作委员会
湖北省作家协会
中共武汉市委宣传部
《诗刊》社
主办单位
武汉市东湖生态旅游风景区管委会
武汉市文学艺术界联合会
承办单位
湖北省作家协会诗歌创作委员会
武汉市东湖生态旅游风景区工委宣传部
武汉作家协会
协办单位
中国诗歌网
《汉诗》
摄影/HANS汉声

2019

2019年6月20日—22日　武汉市东湖生态旅游风景区

第二届东湖诗歌节

暨东湖诗歌高峰论坛

指导单位： 中国作家协会诗歌创作委员会　湖北省作家协会　中共武汉市委宣传部　《诗刊》社

主办单位： 武汉市东湖生态旅游风景区管委会　武汉市文学艺术界联合会

承办单位： 湖北省作家协会诗歌创作委员会　武汉市东湖生态旅游风景区工委宣传部　武汉作家协会

协办单位： 中国诗歌网　《汉诗》

东湖诗歌高峰论坛
2019
诗人如何回应新时代
第二届东湖诗歌节
暨东湖诗歌高峰论坛

东湖诗歌高峰论坛
2019
诗人如何回应新时代
第二届东湖诗歌节
暨东湖诗歌高峰论坛

2019
第二届东湖诗歌节
暨东湖诗歌高峰论坛
第二届东湖诗歌节诗歌音乐会

编者按：

2019年6月20日至22日，第二届东湖诗歌节暨东湖诗歌高峰论坛在武汉东湖生态旅游风景区举行。本届东湖诗歌节暨东湖诗歌高峰论坛，由中国作家协会诗歌创作委员会、湖北省作家协会、中共武汉市委宣传部和《诗刊》社担任指导单位，由武汉市东湖生态旅游风景区管委会和武汉市文学艺术界联合会主办，由湖北省作家协会诗歌创作委员会、中共武汉市东湖生态旅游风景区工委宣传部、武汉作家协会承办，由中国诗歌网和《汉诗》协办。中国作家协会书记处书记、副主席、著名诗人吉狄马加，叶延滨、杨克、梁平、李文朝、林莽、霍俊明、叶舟、李元胜、娜夜、胡弦、刘立云等中国作家协会诗歌创作委员会成员和车延高、张执浩、田禾、李强、谢克强、刘益善等湖北省内诗人应邀参加。6月20日下午，诗人们一行在东湖翠柳村客舍多功能厅举行了主题为“诗人如何回应新时代”的东湖诗歌高峰论坛，论坛由著名诗人、湖北省作协副主席、湖北省作协诗歌创作委员会主任张执浩和著名评论家、湖北省作协副主席李鲁平主持，诗人们梳理了五四以来中国诗歌发展的流变，探讨了在新的历史时期诗人和时代的关系；20日晚上，东湖诗歌节诗歌音乐会在东湖长天楼举行，中共武汉市委常委、宣传部长张世华向莅临武汉的各位诗人致欢迎辞，吉狄马加、叶延滨、霍俊明、叶舟、林莽、李文朝、娜夜、张执浩等纷纷登台朗诵了自己的诗作，为现场观众奉献了一台国内顶级的诗歌音乐大餐。

叶延滨诗二首

东湖记：寻梅化莲

我到东湖来寻梅
是俏不争春的那朵梅
是幽香沁魂的那一束梅
是在冬夜中点燃诗稿的那棵梅

我来寻梅，独自来寻梅
那驱动彤云的北风
还没定好南下的日程
那漫天飘飞的雪花
还没有跟上我诗心驿动
只有那颗夏日的太阳
还坚定地在我头上显示
梦想与现实的温差

于是我只好向现实低头
低头在东湖里撑起一片荷叶
低头守住东湖夏日的梦
成为一朵遵规、守矩、本分、按时
迎着你悄悄开放的荷花……

与东湖对话

在一条叫做长江的大佬旁守候
大江倾泻了多少激情，你如此安详？
东湖不语，一片叶子落在湖面
叶子也不语

千万朵彩云在你面前梳妆然后飘走
难道没一朵留在你心底，你如此淡然？
东湖不语，一丝微风摇动湖水
晃去我的影子

无数的星光在你头顶的苍穹闪烁
岁月告诉了你多少秘密，你为何健忘？
东湖不语，湖畔楼群灯如蜂群
在我耳畔嗡鸣

林莽诗一首

两只斑鸠在安闲地漫步

六月的东湖映着灰白的天光
一条沿湖的甬道上
吹来了隐约可闻的香樟的风

这是绿树成荫的梅岭
对岸是一座有湖有山的校园
不再是梅花含雪的季节
樱花也早已飘落了梦幻中的春天
初夏的微风拂动了水杉林
两只斑鸠飞落在草地上

一条大江日夜流过这座三千年的城市
它流程千里　与岁月同龄
它的两岸有多少个饱含了诗意的湖

一个诗人曾在这里畅游
他极目楚天　胜似闲庭信步
也是在上个世纪
闻一多先生的长衫在湖边飘过
他的画笔画过这里的山水吗
他将罗家山改名为珞珈山
文与词会改变世界
也会让一个时代蓄满了烟云

此刻　一片荷花初开
两只斑鸠在草地上漫步
它们不知白云千载
它们在萋萋芳草中安闲地漫步

刘立云诗二首

光芒之鸟在林梢飞徊

发现东湖的这一秘密，我惊叫起来
我说你们看哪，树上的鸟窝！
在行进的大巴车上，我的诗人朋友们应和着
我的呼唤，纷纷把目光
投向窗外，这时就看见了荡漾的湖水
看见了湖畔别出心裁的那道景观

在湖畔，在像电线杆一样笔挺生长的
水杉树上；在这些水杉树高出地面
六七米的地方，千篇一律
都搭着两个鸟窝，黑色的，而且那么
别致，那么美，像一粒黑豆打开两个豆瓣
我禁不住感叹：武汉人是多么地
热爱光临他们这座城市的
鸟啊，他们用整座东湖供它们栖息
用雍容华贵的金丝银线，为它们筑巢

晚上我们住着的东湖翠柳村舍，华灯
齐放，这时我才发现鸟巢里养育的
是他们在夜间放飞的
光芒之鸟，有着一双白云黄鹤般的明丽的羽翅
斯时斯刻，鸟儿们正穿过绿叶
穿过林梢，携带翡翠的光芒
往高处飞，往众人仰望的天上飞
温柔的羽毛丝绸般
擦亮星空，使湖水的蓝与天空的蓝
交相辉映，如同一枚金币的两面

我还发现东湖的光芒之鸟，光芒之灵
倦而知返，它们无论飞得多高，多远
都会在黎明前返回林梢
更多的在林梢飞来飞去，眷恋着温暖的巢穴
就像放飞它们的人们，眷恋日暮乡关

东湖绿道

我们在木板铺设的绿道上反复地走
我们是李琦、罗振亚和我
三个人加起来 180 岁
我们就以 180 年共同经历的沧桑和感慨
随心所欲，边走边谈论着在眼前
荡漾的这个湖，刚刚坐过的
那艘船，还有落在
香樟林里，那两只旁若无人的斑鸠

三个人都与东湖有过交集，话题由此
铺开。罗振亚说他在武大读过
一年书，校园就在湖的对岸
傍晚常来湖边漫步，回想东北的雪
李琦说，东湖见证过她的初恋
她家先生早年在驻鄂的一支空军部队服役
那时她还是个学生，从哈尔滨乘绿皮火车
站到汉口，仍惦记着来东湖看柳绿
看花红，离开东湖的日子只做了三件事：
把书读完、把孩子养大和把自己弄老
不好意思，我接着说，我的初恋
也与东湖有关，她是我部队上司的女儿
我人生偷吃的第一枚禁果
东湖于我，是一个老镜头，也是一湖
显影液，我能否取回当年的一帧黑白照？

我们三个人是有意落在队伍后面的
我们三个人是好朋友，经常见面
总有说不完的话
但每次见面，我们都希望脚下的步子慢下来
生活的节奏和写作的速度，也慢下来
李琦说急什么，我们曾经沧海
现在就做一滴水，相互融汇和簇拥

绿道边的香樟树、水杉树和白皮松
与我们似曾相识；它们屏声敛气
踏实地做我们的听众，我们镜头里的背景
它们知道，三个即将老去的人
我们试图寻找的东西，其实
融在同一颗露珠里，同一片绿叶里

高兴诗一首

雷雨，片刻之后

——给东湖

片刻之后，我明白
那场雷雨只是一种挽留
只是一份邀约，只是
为了在雨后让我从容地
踏上绿道中的绿道
一步，一步，走进珞洪区
白马区，吹笛区，落雁区
磨山区和听涛区；一步
一步，走进洗礼后
妩媚、恬静、眉清目秀的东湖

那场雷雨只是在成全，
只是在铺垫，只是
让隔了三十五年的
两个瞬间对接，融合
青春与孤独拥抱
只是让我站在湖边
打开一本书，而奇迹就在
风起的刹那上演：
字印在水中，摇曳的意义
用多少种方式呈现
我便可以用多少只眼睛
去发现东湖之美

那场雷雨只是让我
同东湖共享半天贴心的
私密，只是让我记住
在时见鹿诗人张执浩
悄悄传予我的口令
只是为了让我一而再
再而三地停驻，再停驻
并发誓一定要学会
水的语言，风和树的语言
鸟的语言，荷和鱼的语言
光和影的语言
还有船和桥的语言

那场雷雨只是捎给我
一句话，让我在秋日重返时
再对东湖说

罗振亚诗二首

观郊天坛

刘备能认清诸葛亮
却不认识风水
仓皇祭天的无意间
把这里点化成转运的象征

太阳一天天从湖面滑过
一千多年湖岸的游客
总和湖水一样连绵不断

有那么多困顿的云遮蔽吗
传说的天神落地
也改变不了驿动的光线

下得坛来
保不准再遇见什么难登的山
或一片神秘的海

磨山一株樱

着汉服的少女从树下走过
树上数不清的花儿纷纷张口
叽叽喳喳地想说些什么

是那场忍耐一冬天的风
吹落了满天飞雪与星光吗
开和不开
绽放同凋谢
一如树下人的一生
至于小桥流水
以及日本风味的灯笼们
不过可有可无的摆设

人潮汹涌
黄鹤已找不到栖身的山石
双翅拍打哪朝的屋檐不明
朋友告诉我
那个健康的红衣少女
来自盛唐秭归的一个山村

大解诗一首

翻看东湖照片

我已回到北方，倒影还在东湖里。
我已到达今天，而往日留在了照片里。
你看：
懒洋洋的睡莲躺在水面上，还在幸福
和做梦，云彩沉在水底，没有渔网
能够把它捞起。
美人在我左侧，太阳的反光映在她
白皙的脸上，而湖水微澜，
顺从了清风。你看：
那个拒绝拍照的人正在扭过脸去，
你看：那个牛仔裤里紧绷的
丰满的大长腿，里面的青春，
约等于王美丽。
你看：
辽阔的东湖正在扩展，如果它忽然
立起来，像一面蓝色的墙壁，
我就会吓一跳。
我会倒退回几天以前，那时，
我匆匆赶往火车站，
一个熟人问我去哪儿啊？
我匆匆回答去武汉。
那时我还在北方，
只顾赶路，对东湖一无所知。

杨克诗一首

大东湖

东湖是古人遗忘给现代诗的
湖面似一张巨大的纸，那么干净，那么白
烟波万顷，无限的水一望无涯
没有书写，没有落墨
从崔颢到李白，有那么多人吟咏黄鹤楼
俞伯牙和钟子期，有那么多传说留在古琴台
一代代文人的盲瞳，竟无人发现百湖之湖
屈原至于湖滨，披发行吟泽畔
楚地方言让浪漫主义源头不见大湖端绪
楚庄王也曾在此击鼓督战，刘备也在此
设坛祭天，空余白云随波悠悠
湖畔放鹰的太白居然也没有诗兴大发
远方的西湖是古典的，存在于比喻之上
九溪烟树，柳浪闻莺，断桥残雪
淡妆浓抹的西子，被人指指点点
分割为一个个美丽具体的局部
这是眼睛，这是腰肢，这是手指
而东湖大得让你无法逼视
它是一个整体，恢宏气象
如同头上万里晴空，它那么空阔
无法东一块西一块进行命名
如同大海，它那么浩瀚
无法左三丈叫什么，右八尺叫什么
它坦坦荡荡，以大开大阖的沧浪
呈现大自然的本来面目
这里岛渚星罗，梅妻荷妾成群
千百品种衔接冬夏
以一花永远无法窥全圃
九女墩、朱碑亭，也徒留迷茫的风声
丹顶鹤、金雕、东方白鹳、绿孔雀……
它们爱城中的这一片大水，和波光潋滟的世界
这城市充足的雨量与光照
它们年年来看樱花与荷花
就像天上的亲人回家

娜夜诗一首

来自东湖的邀请函

唯有自然不会让你失望
唯有自然

来吧　带着你血液里的大漠孤烟
和你身体里那个在沙坡上种下树
的九个笔画
每天去浇水的小女孩

带上敦煌就要干枯的月牙泉
和玛曲草原把湖叫做水镜子的拉姆奶奶
她笑起来多么美：
活着心地洁白
死后骨头洁白

来吧　带着你永不疲倦的诗人之心
试着叙述你看到的　体验到的　为之动情
和失去的

书房里　你的眼睛老花得越来越厉害了
一些词开始模糊
一些已经消失
你的写作变得艰难了

在书房里丢失的会在草丛中找到……来吧
自然比社会好看多了

李元胜诗一首

东湖

更深处的黑暗蓬松着，像隐约的树枝
正是它们让湖水富有质感

仿佛划出了一条界线，我们只是水汽
只是反光，永远被排除在湖面之外

惊讶于它的沉默，它的无动于衷
我爱的人间如此复杂、甜美而又尘土飞扬

整个下午，我在湖边散步
整个下午，我卡在两个世界的缝隙里

会不会有别的人，看到我眼睛后面的树枝？
会不会有别的时代，被我永远排除在外？

有好几次，它们因我突然变得安静
像两部轰鸣的汽车，用上了同一个消音器

叶舟诗一首

致东湖

去东湖，析出一页宣纸。倘若
黄昏无恙，落日叮咛——务必要
唤醒一只白鹤，提灯而至，
照亮诗歌和今晚的平仄。

从东湖，牵出一只麋鹿。梅雨的当口，
一切要重新眷写——比如龟蛇二山，
比如知音的琴台，因为熸火缄默，
这茂密的雨水需要晾晒。

在东湖，邂逅一件蓑衣。当年的李白，
白衣妩媚，仍旧少年——这广袤的江水，
其实是一支墨笔，用平原和呼喊，
收留了他最初的雄心。

问东湖，这潋滟的波光，恰似诵念，
或许，经书已被打湿——山门上的
大象与狮虎业已皈依，剩下的事情，
便是将天下的流水，全部洗净。

杨庆祥诗二首

荷的时代性

我在荷叶里听到
一屋子的人在谈论时代
时代是荷叶上的露珠
一晒就无。时代也是
荷叶底部的淤泥，它的上面是清水
它的下面是垃圾。它的各种层次
如根茎上的倒刺，处处都伤人。

1988 年的夏天，我和一群小伙伴为了
吃上新生的莲子，决定集体裸身下河。
这样愚蠢又凶恶的家长就不会察觉我们
嬉水的痕迹。
事实是，相对于父亲的戒尺和母亲的藤条，
那根茎上的刺，给我们留下了更痛的记忆。

以至于多年后我看到荷花，也嗅不到其
芬芳，只觉两腿鲜血淋淋……好像我在时代的
触觉中，再一次成为顽皮而小心翼翼的孩子。

我们终究看错了荷花，我们也终究会看错了时代
这其实是一个无比简单的真理。

荷祭

我本来要摘片荷叶，将自己的尸体包裹
可我觉得自己不配了
我本来要赠一朵荷花，将她供奉起来
可我觉得她也不配了

君子和小人如今都沆瀣一气
荷花又怎么能独自开放在椒房和池塘
如今谁又敢在荷花前大言不惭不怕打脸？
我们把脸蒙起来，假装还是兰草和芰荷的后人

从来没有一个时刻这样让人羞愧。
荷花和荷叶抛弃了我们。清水和淤泥
也抛弃了我们。我们的骨肉，再也不可能
清白和芳香了……

李文朝诗五首

水调歌头·武汉东湖

万里长江岸，武汉嵌明珠。钱塘佳丽西子，惊艳望东湖。骚祖行吟泽畔，击鼓庄王督战，太白放鹰雏。万亩山林翠，千顷水天舒。

除污染，修绿道，布琼株。串连四景，吹笛落雁浪花浮。更有磨山遥祭，今古斗星璀璨，日照锦霞铺。波映晴空镜，浩瀚展宏图。

武汉东湖吟稿（四首）

五绝，行吟泽畔

屈原流放处，
泽畔苦行吟。
呐喊惊天地，
风骚贯古今。

七绝，磨山祭天

志壮皇叔欲祭天，
精心避制设郊坛。[1]
暗藏玄秘神机地，
化险为夷相见欢。

七绝，李白放鹰

谪仙偶上土堆来，
雏鸟困身声正哀。
解救助飞观远去，
长留千古放鹰台。

七绝，皇子吹笛

皇子受封藩武昌，
拓疆平叛战功扬。
抒情寄志笛声里，
大明一代楚昭王。

注：[1] 避制，即避免越制，当时刘备还是诸侯，按身份不能祭天，故设郊坛，取郊乡祭祀之意。

诗与思

Poetry and thought

韩东近作选

肖像

他的生活很贫乏
可悲在于他知道这一点。
活动范围狭小，交往的人有限
老城的小街上有一家每天必去的咖啡馆。
据说他终身未娶
有爱人就像没有一样。

也许这是故意渲染的效果
力图道出存在的本质。
这得需要多么丰富而敏感的内心？

有一天他读到了一位圣人
把自己砌进一栋石头房子里
他说这是他所理解的广阔。
在那栋房子外面的街上
他走着，黑衣高帽
寻找进入的门户
我们听见了单调的手杖声。

致曾鹏

你是我最好的朋友
我欠你一首诗
“相识于草莽，相聚在海上……”
是这首诗的概要，也是全部菁华。
在草、海之间是苍茫翻卷的时间。
我们曾各自逃生
如果当时有谁没顶
剩下的就只有模糊的怀念。

而此刻，在大海明亮的光芒中
你我的对视如此清晰。
巨舰平稳，我们各抽了一支烟
海风把烟气全刮跑了
包括那首不朽的大诗。

给普珉

有时，我心中一片灰暗
想找一个远方的朋友聊一聊
因为他在远方。

他的智慧让他卑微而勇敢地生活
笑容常在
像浑浊世界里的一块光斑。

走路，买菜，坐单位的班车……
他酿造一种口味复杂的酒
把自己给灌醉了。

我常常想起他的醉态可掬，他的酒后真言。

他在一张红纸上写了一个黑字“白”
我在白纸上写了一个红字“黑”。
事情就是这样的。

我们可以聊一聊
卑微的生活，虚无的幻象。

致煎饼夫妇

时隔五年，这煎饼摊还在
起早贪黑的小夫妻也不见老
还记得我要两个鸡蛋、一根油条。
人生而平等，命却各不相同
很难说他们是命好还是命孬
只是甘之如饴，如这口味绝佳的煎饼。

时机一到，他们就要回到家乡
干点别的，但决不会再卖煎饼。
他们会做梦：女的摊饼，男的收钱、装袋
送往迎来。
干这活的时间的确太长了。

无论酷暑还是严寒
还是上班的早高峰
或是悠闲假日
总是推车而出，在固定的街角。
即使是最严厉的城管也会为之感动
道一声，“真不容易啊！”

致杨黎

亲爱的老杨
你想象自己是一位邪恶的大师。
大师是必然的，但邪恶已经瓦解
没有镜片的眼镜后面是一双真正的裸眼。
你迷恋过的少女的美腿
如今就长在你自己的身上
于北京深秋时节的胡同里
轻飘地走动。
我们还是别谈什么荷尔蒙、肾上腺和多巴胺吧
大师是和降压灵、胰岛素、马应龙在一起的。
亲爱的老杨，你真的错了
但却以错误的方式正确得光芒万丈。

致某人或一个时代

一个人开始衰老
但他的影子依然年轻。
落在人行道上的投影深黑
他的声音里带着尘沙。

这是来自他的有力的一握。
空气干冷，友谊紧缩

又像他的脸因良好的弹性瞬间舒展
化作天桥之上蔚蓝的天空。
越过他的肩膀
我看见了北方广袤的城乡。

然后他走了，向天桥的另一头
风使他的脊背晃了一下——
一个时空的切点。
他再次佝偻如乞丐
身后的破大衣卷起漫天灰霾。

他看着

他看着那个顶着水罐下山的女人
看得如此入神，变成了那女人。
他有这样的天赋
变成一棵树或者一块石头
变成空山里的一无所有。
也能进入到一个苦难的身体
甘受束缚。然后
转移到那个坐在病床前一筹莫展的男人。
他是他追悔的眼泪，尽情流下。
他是谁呢？
当他和我们毫无隔阂
我们却与他相距无垠。

紫光

那座大楼上的灯全熄灭了
除了拐角处的一扇窗透出紫光。
我不得不看着它，然后
非常愿意看着它。
我抬起头，脖子后仰
已达最大限度，脖子几乎折断。
那片紫光就在我的头顶上方
并继续向我的身后漂移。
索性躺下吧，但还是不行

那束光就像要入地。
风吹着耳畔的草叶，也吹着天上的楼影。
当我翻转身体，将汗湿的脸埋进草丛
仍能看见那动人的光
就像是地底的宝石矿脉
执着的心追随其中。

奇迹

门被一阵风吹开
或者被一只手推开。
只有阳光的时候
那门即使没锁也不会自动打开。
他进来的时候是这三者合一
推门，带着风，阳光同时泻入。
所以说他是亲切的人，是我想见到的人。

聊了些什么我不记得了
当时我们始终看向门外。
没有道路或车辆
只有一片海。难道说
他是从海上逆着阳光而来的吗?
他走了，留下一个进入的记忆。
他一直走进了我心里。

奇迹（二）

坐在他的身边我就安心了。
垫子那么软，友人如此亲切
那是一种很奇怪的感觉。
一个跳伞者终于落地
感觉到阳光、大地的芳香
他懒洋洋地不想起身，踏实了。
其余的好处都是额外的馈赠
虽说它们一直在那里。
可以拆除这栋房子、这个城市

甚至拿走沙发上的软垫。
我可以坐在一块石头上
身处任何旷野
只要他在我身边，或者
降落到离他两尺远的地方。
那天也没有讲经论道
聊的是迪士尼和电影市场
我们就像从跳楼机上下来
品尝一顿真生命的晚餐。
面条确有面条的味道
人也有了人的样子
每颗动物的心都因他安驻在温热的身体里。

奇迹（三）

他坐在垃圾堆上
大声地向我问好。
又瘸又瞎，为何会如此快活？
和所有的人一样
他拥有此刻的阳光和鸟叫
就像为这样的公平而欢欣不已。
此外，他比我们多出了一枚蚕豆
因为牙齿缺损始终抓在手里。
“我请你吃蚕豆。”但却没有送出去。
捡了一辈子的垃圾，很快
他也将成为一块垃圾。
一整天的春风和欢笑。
在天完全黑下去之前
他的慈悲又照亮了这里好一会儿。
最后他说了句“再见！”
当时我们已经走了
他是对这个即将逝去的世界说的
饱含着永诀的畅意。

生活和超越（节选）

韩东

一些人认识很多年才走近起来

一些人认识很多年才走近起来，这样也不错，就像存钱，感觉甚好。

虽然也知道有伪恶这回事，但比较而言我还是对伪善更过敏。从某种意义上说，伪恶是被伪善逼出来的。

人吃的动物基本上都是吃素的，或者杂食（猪、牛、羊、鸡），豢养的宠物基本上都是吃肉的（猫、狗）。

错过是什么意思？没有接触哪有错过？接触，然后错过了，这是真实的，或许是遗憾的，甚至是悲哀的。没有接触的错过是幻觉，或者只是一种说法。

对真正的天才而言，智慧和生理阶段是成正比的。释迦牟尼 35 岁悟道，耶稣至死都是一个青年（33 岁）。生理衰退了，智慧却增长，那是我们这些凡夫俗子。其实增长的不是智慧，社会经验而已。与生理同步的智慧或聪明总是让人惊叹，这不是青春崇拜，而是对协调之美的一种敏感。

我对人的聪明敏感，尤其是对年轻人的聪明敏感，因为看上去就像是无限的。可惜大多数人没有抵达那个可能的点，聪明就随生理的衰老而衰退了。中年人的智力骄傲一向是一件可疑之事。晚年也许另当别论，人的智力有可能脱离生理再次放飞。

所谓庸俗就是沽名钓誉。凡是认真干活的人都有超脱的一面。

性感是什么？不是任何意义上的炫耀，是引而不发。当然“引”得久了就没有了。

这是一个颠倒的世界，很多事都需要倒过来想，并不为词语所惑。尤其是定论，不假思索你就上当了。

丹津・巴默说，男人修行最主要的障碍是性欲，女人是喜欢享受。反过来说也成立，在世俗生活中男人应该有性欲，女人应该喜于享受。

身体不是机器，不是你的车，只是使用，一旦出了问题就找修车店（医院）。对所用之物我们尚且爱惜，何况身体呢？对身体只用不爱的态度说到底是粗俗的。身体，是别人（上帝？）赠予我们的一件礼物。

老年人应该穿好点，干净点。小孩子无所谓。年轻人尽可以邋遢。

谁都是第一次做人，第一次做年轻人，第一次做中年人，第一次做老年人。这种新鲜感以及欣喜需要加以表达。

代际之间的确存在权力之争。压制孩子、抛弃老人几乎是一种社会共识。中年人的确很累，迷醉于权力，因为来之不易，更明白好景不长。终于轮到了，但马上又将失去。天降大任或者颠扑不破都是一种幻觉。对曾经获得权力的人而言失去权力犹如死亡。实际上一代代人就是这样死去的。

· · · · · · · · ·

我们为之担忧、以为命悬一线的事情，五年以后还会存在吗？但你还是会担忧，觉得命悬一线，但事情已然不同了。

深圳阴雨，妈妈三次吸氧，无法喘气。她说，我恨不能拿一根棍子把这些窗户都砸掉呀！此生中她从未说过此类暴力的话。稍稍缓和以后，她又自我解嘲说，要是我真拿棍子把窗户都砸了，人家就会说那是一个疯老太婆啦。说了好几遍。

累得精疲力竭，似乎只是为了躺下去时说，啊，我终于把自己放平了。如此满足愿望也不错。

不希望、不承认变化是痛苦的一个根源。

其实不是病苦不能接受，如果它的结果是康复，很快我们就忘记了曾经的病苦。如果结果是死亡，它就变得十分可怕。不能接受的是后者。但死亡应该是可以接受的。

不孝是因为我们觉得父母不会死。只有以为他们不会死，我们的心肠才硬得起来。

如果我们的意志总能贯彻，愿望总能实现，那将是一件可怕的事。

不是有意的，完全是阴差阳错地陷入了孤独。这很好，真的很好，因为事情原本就该是这样的。如此才可能与陌生之物交往。

痛苦是虚无的根据，也是价值的根据，应该据理力争。但痛苦本身却无法缩减。

无辜生命受苦即使是上帝也无法解释，除非那是一个伪上帝。

人生大多的时光是虚无的，或者混沌的，只有在痛苦中意义才显露。为什么让人恐惧和让人满足的东西挨得那么近，就像排泄之所同时也用于生理高潮？这是某种奥秘。

感同身受、推己及人几乎不可能，这是我们注定孤独的原因。同情只发生在一个频道上，或者一定的幅度内，超过界限谁也听不见谁的声音。除非真的轮到了你。

此刻，我感觉到美好，也感觉到痛苦，各在一边。哪一个更真实呢？因痛苦而美好，因美好而痛苦，但总的来说还是痛苦。

妈妈说怕连累我们。实际上直到此刻她的恩情仍未止歇，给了我一个伺候、共苦的机会，以完善我的人生。

猝死对死者来说是幸运的，对生者而言是极大的恐怖和难以下咽。有过程和挣扎地去死，对垂亡者来说非常恐怖和难以下咽，但生者渐渐地适应了，也可以接受。所以要感谢，她留给你的总是比较好的那些。

有时候你会感谢死亡，因为它可以结束痛苦、煎熬。你盼望它早点来临，就像盼望一个福音。

“挣扎”一词让我想起案板上的鱼，人何尝不是如此？但只有在至亲或者爱人的眼睛里才能看见这些。

每天去妈妈那里，心里很是恐惧，不知道又会面临什么，总是急切不已。真的到了，无论面对什么反倒平静了。机械地、自欺地，甚至是欢快地忙活个不停。然后我离开，回到住地，写点什么无非是一种宣泄。

. . . .

我们这代人开始时都是小痞子，后来经过一次分流，有人富了，有人依然很穷。那可是人生巨变，令人印象深刻，但思虑千万不要停留于此。下面将面临又一次分流，有人健康，能跑能动，而有人病卧在床……

做事的要点是，抓住主要线索，加以连接。没有必要到处去说、多方解释。那样既浪费精力又有一种已经在做的错觉。

推己及人是一种能力，既必要又基本。

日子就这么过着，对不同的人来说色彩、味道各不相同。共享时光难，分担忧患更不易。只有境遇相似的人才说得上同甘共苦。

不辩诬肯定是美德。

贪婪是文明的原动力，不可能是别的。

习惯这玩意儿很强大，而且根本，就像本能，甚至比本能还要难以撼动。好习惯使人一生受益，坏习惯让人万劫不复。习惯才是命运。

警觉的人不丢东西

警觉的人不丢东西，睿智的人不找东西，丢了就丢了。我们可是丢三落四，还像患有强迫症似的非要找到不可。

沟通往往不是为了达成一致，而是重申，虽然不一致但我们是一伙的。人之间的关系就这么脆弱，需要一遍遍地重申或者强调，“不管发生了什么，我们的关系不变。”越是亲密的关系就越是需要不断强调，因为亲密是脆弱本身。

不需要强调的关系是一种什么样的关系？或者互不相干，也无意于结盟，或者真的牢不可破。

伪善固然可恨，伪恶也不可依持。可以说伪善就是真恶，但伪恶可不是真善。真善超越纷争，甚至它的名字都不是“善”。伪善和伪恶缠斗不休，都想获得道德上的制高点，在这一点上它们是一样的。

那些天生和平的人，肯定有更多的富余精力。

被战斗所激发的能量是可疑的，实际上它不孕育任何新东西。需要的是分娩，而不是抢夺孩子。

解脱了别人就解脱了自己。所以，需要去想对方那么做的道理，想他的道理而不是想自己的道理。洞悉人性不是把对方想得像他那么坏，而是像你那么好。

人的确是共苦容易，同甘难。所以大家在一起就别扯什么“将来我们发达了……”之类的了。

别做受虐狂，哪怕一点那样的意思都别有。但也不要试图拯救任何人。

要虚度。我们的追求都太过实在。虚度和专注都是我喜欢的，并不矛盾。

得过且过的虚度充满了不得已，心理上不可取。要虚度就理直气壮地虚度，但很困难，除了孩子可以这样（既虚度又专注）。

虚度使人优雅，奋斗使人粗鄙。

要认真，也要虚度，要专注，勿涣散。不要忽而轻浮，忽而在乎，忽而分心，忽而一根筋地非要成功不可。

修正行动，但不要自我谴责。

接受我的现实，但不接受世界的现实。接受就是解放，不接受是希望所在。

· · · · · · · · ·

人的可怕在于能力，从某种角度说，能力本身即恶。心甘情愿地无能是圣人行，或者有能力而不使用就是圣贤。

人类之恶在于他有能力作恶，虐杀动物是因为比动物更聪明，或者更有能力。能这样做而不这样做，我们能做得到吗？如果外星人比人更聪明，和人类遭遇虐杀人类就是顺理成章的。能力并不意味慈悲。

几乎所有的人都追求能力或者能量，认为它没有方向性，和善结合就行善，和恶结合就作恶。但很有可能，能力本身就是需要警惕的。所有的丰功伟绩不都是以善的名义进行的吗？但在实施中难免伤及无辜。也许不求有功才是一种善，至少是善的发端。

有人喜欢同时做几件事，我比较无能，一次只能做一件事。在事与事之间还得有时间间隔。

如果一个人对自己的工作、所做的事不能自嘲，没有质疑或者幽默感，完全认同那是很可怕的。

认真是对具体事的认真，比如写字，你得一笔一画毫不含糊，但若说到整个写字这件事也许是没有意义的。相反的情况是，一笔一画敷衍了事，但说到写字这件事时庄严感立马油然而生。

处于劣势时你气壮如牛，那令人佩服。处于优势时的那股牛劲儿就不免低级。

有人工作是为了分享，有人是为了吸引崇拜。这是有区别的。

谦卑肯定是一种美德，不是在强权势力面前，而是在存在的浩瀚和易逝的时光前。

的确需要有良心的专业人士，各个领域都如此。很多时候专业人士的良心就是尊重自己的专业，就是一种自尊意识。

纯洁的人把手段当成目的，不纯的人把目的视为手段。

不择手段，或者信奉一切皆手段是混世魔王的哲学。一切皆目的则让人慎重、纯洁和超越。

宁愿伺候人也不要人伺候，因此再苦再累也就甘之如饴了。

·········

朴素不是只能过苦日子，不能过好日子，而是苦乐都成，不加以追求。超越概念或者没有概念。

苦大仇深是一个陷阱。谁说贫穷不伤害人？不仅会伤害，而且有时深达灵魂。如果贫穷不让人变形变态的话，为什么还要摆脱？将贫穷浪漫化是有害的。拒绝贫穷和罪苦和摒弃穷人、罪人是两回事。尊重穷人和罪人也不意味就赞成贫穷、罪苦。我们往往将二者混为一谈，在面对贫穷和罪苦现象时不免显得无所适从。

一些富人也觉得富不是什么光彩的事，大声地赞美贫穷。我倒宁愿他们炫富，而不想看到他们赏穷。贫穷光彩夺日之日，就再没有人看见人间疾苦。

贫穷，只有在自甘贫穷的人那里才是美的，不应该作为公共的道德理想。这种特别的美也不应由财富占有者描画、出售。

一个人没有权力要求别人过苦生活，哪怕这是一位父亲或者母亲，哪怕他自己过的是苦生活。我们都希望所爱的人安全、富足，享受世俗之乐，相反的愿望既违情悖理，也是一种刻薄。

他们最爱干的事就是炮制偶像

他们最爱干的事就是炮制偶像，然后剥下他的面具。在这里无论热爱或恨意都是其脆弱心理的投射。其间并无真正的理解、欣赏和共鸣，也不涉及正义（担待、宽容、刚直不阿）。

好东西不是太少了，也许是太多了。我们的遗憾不过是那些好东西并非出自我手。

消费好东西是有时空限制的，不见得多多益善，多了只能囫囵吞枣。见识的确需要建立一个了解的面，而精深则是挚爱的表现。

我们总是要求多，要求无所不知，要求记忆力的四肢发达。记忆力的发达也的确如肌肉的发达，是精神生活中比较粗糙的部分。

做一个有能力的人、高端的人、上等人、精英，可以掌控左右局面是一种危险。对人对己。

建功立业、追求卓越必须聚集能量，可能量又怎么能不用于毁灭、伤害呢？这是一个大问题，几乎无解。因此保险的做法就是舍弃作恶的能量，即舍弃能量本身。

所有的混乱都源于自我，这是老生常谈，但谈得还不够。唯一可能改变的是自我，唯一难以改变的也是自我，而在自我之外却是不可改变的，或者，是不可被你改变的。最难的路有时候也最容易……

对自我的严厉转化为对他人的严厉，是一种失败。对自我的放任需要对他人的严厉加以平衡，近乎无赖。严于律己、宽以待人怎么说也是前提。

·········

如果一个人骂别人，同时也骂自己，真的不讨厌。如果一个人夸自己，同时也夸别人，不仅不讨厌可能还很可爱。如果一个人夸别人而骂自己，不仅可爱甚至有些可敬。但我们往往是骂别人夸自己，这真是一种本能。

立场从来是一件可疑的事，让你不由自主地站在自己的脚后跟上说话。如果你聪明，就说聪明好；有钱，就说有钱好；有文化就说有文化好；没文化就说没文化好。凡此种种都是自我辩护。什么时候你能为自己所不具有的东西或品格辩护呢？

最了不起的思想莫过于众生平等。最了不起的智慧莫过于推己及人。

平等比自由重要，因为关涉与其他生命的联系。为他人而争取自由，平等是必要条件。精英主义的自由观所缺乏的正是这样一个前提。如果你与其他生命具有价值上的不平等，自由只能是少数人的特权或者贵族式的标签。

不要在悲伤的时候思念任何人，但可以因思念而变得悲伤，以至于从容不迫。

要告诉孩子们真正好的东西，不要一味地满足于他们的感动。孩子的敏感比你想象的要深奥，感动只是敏感较粗浅的层次。不要引导他们只是哭，以为咸才是味道。复合的调制才可能涉及生存的底蕴，那也是生命之杯本来的滋味。

据说中阴状态里灵魂的敏感是在身体里时的七倍。我喜欢这个说法。敏感是天赋本身，裸露是一个问题。

见过一个精神病人的画作，是画在香烟壳上、用铅笔一点一点地点成的。他每天除了吃饭、睡觉就是点，一幅作品要点上一个星期。作品本身也令人印象深刻。

有趣和善意，集于一身者不多见。

龙钦巴尊者说，我们的活动如同孩子的游戏，如果我们从事活动，它们就不会停止；如果我们停下来，它们就会结束。

不要爱上自己的悲剧，但要顺从，这是不同的。

因果就像你借给别人的钱，历经辗转又回到了你手上。无形之物就像这有形的钞票一样流通不已。

好名好利不如好色。毁山毁水不如自毁。

我倾向于以貌取人，无论男女没有不佳相的。相不在于英俊与否，但说明了太多的问题。

我一般不向不向别人借钱的人借钱，特别喜欢向喜欢借钱给别人的人借钱。

虚无的灵魂受到力量的制约，甚至它就是运转力量的枢纽。如果我们真的排除了与力量的交往，还有灵魂或者诸如此类的东西吗？

· · · · · · · · ·

老年人大多比中年人可爱，因为丧失，已接近消亡。二三十岁的人比四五十岁的人可爱，因为还没有完全获得。我们正走在人生最自鸣得意和不知匮乏的巅峰，除了欣赏可爱已远离了可爱。所以说，任何打击和削弱都是珍贵的。

没有什么是可抱怨的，我们和这个世界一样不堪。真正的良善并不属于这个世界，是天赐偶然或者神秘的。不要鸣不平，倒是对方的善意和付出是件奇怪和不可能的事，足以令人惊诧，即可咬舌自尽。

世界如此糟糕，我们为什么还会眷念不已？这件事的确神秘。是不是因为死亡是早晚的事，想看看会有什么改变或者值得一活的事发生？但这一拖就是半生一生。

学习做人，变得有尊严，有涵养，有财富（物质和精神的）。有人爱，有人为之哭，然后死去。就像我们的一生都在搜罗这些陪葬品，永不餍足。

我们会变成什么样的人？会变成当年所厌恶和不屑的，一般很少有例外。你的内心不再挣扎和冲突，终于搞掂了，舒服了，完成了一个循环。

有一天我们的外壳终将坚硬，水泼不进针刺不穿，那块茧是向里面长的，一颗心终将石化。于是就安全了。

想想，我得到的已经太多，几乎所有的人间珍贵之物。友谊、信任、几乎完美的父母，自由、健康、工作的尊严。见识过世界上最美的思想、伟大的艺术，还有美丽的女人。要知道你的幸运，你的不配。这些都是暂时寄存在你那里的东西，要勇于失去。

·········

这是一个颠倒的世界，价值重估也许和整体文明无关，但对个人生存而言却很有必要。高低上下好坏都需要从头想过，破绽和收获就在其中。秘密是公开的，只是显示在画幅的背面。

爱恨的情感必不可少，只是，我们从来都是爱自己而恨别人的。爱恨无辜，只是方向性的错误才让我们万劫不复。也许只有圣人才能扭转方向并保持强度吧？这件事上也存在着某种颠覆。

一生中交往的人无数，但你真正熟悉或者与你有切实关系的也就两三百人，就像我们的祖先生活在部落里时那样，和在村子里一样。但愿你和他们之间有同舟共济之感，而不要有任何意义上的巷战。

神秘主义是一切真实思想的基石。

一些人的生活被情绪左右，高扬情绪，在情绪下做决定，被情绪所奴役，把生活弄得一团糟，却竭力推崇有关情绪优先的神话。殊不知情绪乃是甚深情感摇曳的表象，有时它与我们深处的情感是相悖离的。

有时，做人的目的不就是为博取所爱的人欢心吗？博他们一笑，让他们高兴。

需要他人是一种苦难，被人需要是一种幸运。

只有真正高贵的人才懂得把幸运和尊严留给别人，自己宁愿受苦，接受对方的照顾。

宇宙之谜只有一个：无辜生命的受苦。

你亏欠别人的，只要有机会他就会向你讨还，哪怕是以向你借债的形式。因为人的能力有限，善亦有限。

几乎所有的人都在追求相对值，而非绝对值。意思是追求比别人好，而非好。所以都好不起来。

温和的力量一向强大，却非常困难。

被一件事带动着向前走，和处于事物中有不同的时间感受。前者似乎使生活有了目的，有了奔头。后者好像快要被这一摊给压垮了，马上就要崩盘。

实在没事，生病也是一件事。这是一些人喜欢生病的原因。生病，把病治好或者治不好总而言之有了某种目标感，会抵达一个地方。无目的的生活只有圣人才能甘之如饴。

在危险和艰难中才有真实的存在感。存在感就是随时随地和世界交换信息、调整认知，为避免肉体一死。在快乐的情感中我们出离了，飘了起来，位于存在的上空，无所畏惧。

幻觉无处不在，人注定要生活在幻觉中、布景中。真实或者直面真实会让我们惊恐不已，因惊吓而死。完全的赤裸几乎没有可能。

真实并不面目狰狞

真实并不面目狰狞，只是因为自我要生存必然以真实为敌。狗闻见虎尿味儿便瑟瑟发抖，生命的恐惧自远古传递至今。真实对自我的生存而言就是这样的一头猛兽、猛兽的气味，我们闻得见也辨得出，所以会竭力回避。拥抱真实谈何容易？它不是人先天的品性，但可以是后天的觉悟和一意孤行。

有时，平凡的人犯下自己不能理解也无法承担的大错，这是令人同情的。

黑暗和虚无将跟随他数年，这是一个关键期，谁也无法相帮。或者重获自由，或者进入一个更坚硬的外壳。表面上的解脱肯定会到来，只是灵魂的出路有方向的不同。人就是这样变得纯粹和可怕的。

自由的情感不是快活，不是幸福，不是刺激，而是一种稀释至透明的东西。空间、流动、未知、可能性、不及物，如风一般，是块结的气化。

有两类超脱，赤子的单纯和经历世事以后的行动无碍。通过险阻障碍，要不你就得从胯下钻过，要不就从一万公尺以上的高空飞过。但大多数人不上不下，既不天生丽质，也不够皮糙肉厚。

智慧之言读多了令人反胃，还是更喜欢朴素或者真心快乐的言语。

追求最好的，误我半生，应该避免最坏的，在各种事情上，包括做人之大节。

悲伤是生命的主旋律，避开它，逃向欢乐并非出路。唯有将悲伤扩散开，变成某种夕照般的世界观。你体会到某种近乎辛酸的幸福。真正的幸福从来都是层次丰富的。

不是意气用事地，也非自暴自弃地，而是切切实实地把自己看成垃圾，你就放松了。对人对己我犯下了太多的过错。犯错是因为能量，意识不到则因为可悲的自我。

爱恨和对象物相连，但在意识深处有个无人区，对象已不重要，甚至可以笑谈面对。但那印记还在，成了你自己的一部分。

把自己生出来如此困难，比你生出个人来困难多了。精神的出生就是你不再依赖任何人或者有这样的愿望。

别人传递给我们的东西一定会传递出去，比如爱。恨亦如此，甚至更加屡见不鲜，但这才是应该止于自我的东西。

自由的后果是什么？不是随心所欲，而是解除羁绊，也就是失去，失去珍爱之物，只为轻松上路。

由于软弱，或者由于谨慎，上帝、修行这类事对我而言的确是需要理由的。但像目前这么活着却不需要理由，一种延续或者惯性。不是因为它更好，而是业已存在，是既成事实。从此拉离是需要理由和力量的，甚至我也没听见任何召唤。

控制行为的并非思想情感或者意志，而是神经回路。思想之类只是在转变期才起作用。神经回路植根于大脑皮层并占用其资源，有用进废退的倾向。这种解释令人安慰。

所谓创造的幸福并不能释放痛苦，但可以塑造痛苦，将痛苦塑造成形。所以说，这幸福并不是一种快乐，而是超越感官或感觉的意义的获得。

我尊敬精神活动中的劳动者部分，像苦力一样工作或者就是一个苦力；也尊敬其中的受难者部分，如奴隶般服从或者就是奴隶。但我始终怀疑精神活动中的所谓贵族部分和占有者部分，理由就不说了。

读书备忘：大脑是最大的性器官。

· · · · · · · · ·

集中注意力不应是瞬间现象，若能持续数年便是拯救。人生并无意义，深度即是意义，而深度是由持续不断的注意力开掘的。

只有纵深处才有另一维，才可能抵达另一个不同质的世界，而非更大更多的世界。

精神生活中，专注是首要品质。专注不是说瞬间的沉溺迷醉，而是经年累月的精力投入，用以开掘深度。

老子曰，知者不博，博者不知。就个体而言，生命的能量大体相当，当我们适当关闭某些通道，在压力之下仅有或者不多的出口处能量的涌现才会出现喷薄状。进入纵深需要压力。

也许只有纵深是值得追求的，平面是一种同质的重复。只有纵深处才有奇观，有不一样的东西。追求纵深就是追求质，追求质的差异。很多人以多为好，多即是好，相信量变到质变的蛊惑，实际上也许是无法进入质地，只能在表层打转。

在创造活动中会遇见瓶颈，这也许是深入的标志，而非无法前行。我们往往将此当成后者，以为自己的限度已到。越过瓶颈就有新的质地。实际上你能遭遇并越过多少瓶颈就能看见多少奇观。通道尽头天地辽阔，但这并不是最重要的，最重要的是这天地是新的，完全不一样的质。总之我不太相信顺风顺水。

中国传统中有功夫的概念，是指其实践的强度和专注。西方人没有功夫的概念，但看看他们是如何工作的，你会汗颜，尤其是你出自一个所谓讲究功大的传统。今天的中国人太聪明了。

在精神和创造生活中应该选择把牢底坐穿，而非走遍四方。前者是不可能的奇迹，后者是可能的奇迹，但也逐渐变成了一种常规。

只要是生命中的主题，便会重临。在此一生中一劳永逸地解决问题、直线式地克服险阻大概是痴人说梦。重临可以带来进一步的了解、深化，重临并深化主题才有可能触及存在的根本核心。

· · · · · · · · ·

你如何要求别人比你更仁慈？为何因此而责难？人同此心同的并非只是一颗善良之心，也是一颗冷漠之心。明白自己的良善一点也不重要。

三观中竟然不包括审美，这有点要命。美感几乎是生理性的。残暴不仁对垒平庸恶趣，前者不会因此更善良，后者更不会因此而超越。

和朋友谈及男女之爱，这件事的确近乎永恒。但永恒的是关系和角色，你扮演何者却不一定。一个故事里你是压迫者，另一个故事里就可能是被压迫者，但总得有压迫和被压迫，否则紧张感何来？在你是深刻的经验，对方未必如此，但他总得寻求深刻的经验。只有在被压迫被摧残的情况下才有这经验（或体验）。爱是永远的悖论。

公知们有无自我批判的倾向，既决定了他们是否诚实，也决定了他们的力量。

不要爱上虐待狂，也不要成为受虐者。坚持对温柔爱意敏感，拒绝被冷漠吸引，终止这冰冷之物在人际间的传递、循环。别人在你身上建立的虚无就是虚无，不要贴上任何自我安慰的标签。冷漠者自可以享受他的冷漠，你只动容于彼此间的心心相印。

历史有其狰狞面目，那是各类理想主义者、野心家、大能者和英雄、强人创造的。又有其温柔梦幻的层面，那是艺术家、书生、手艺人、匠人和哲人创造的。他们的人生无能，创造物无用，却给这个糟糕的世界带来了仅有的温度和笑容。以作家、艺术家之名攫取社会能量是一种禁忌。

很多误解都源于试图证明智力上的优越。思想不是用来证明思想者的卓越不凡的，遑论思想之表达？

一些人以占有物质财富的贪婪占有精神财富，腐败是必然的。

人心只是映出了世界的无垠和悲伤，不可能超越，消化更是不可能。

意想不到的快乐才是真快乐。预料之中的痛苦是真痛苦。

世界之美人所不配，除非你是这美景中不可或缺的因素。

结交更多的人有时不是为了扩大交际圈，而是为了减少对小圈子的依赖。也许这很有必要。

“群居”让人温暖，信心倍增，但也是产生偏见的根源之一。要结识一个一个的人，不要结交一伙一伙的人。但愿我的朋友散布在世界各地，彼此之间保持单线联系。

你的力量从何而来？应该从孤独中来。人多势大，力量很快就衰变了。

鲁迅说中国历史无非是“吃人”二字，我看是黑暗，缺少超自然的光照。佛教并非本土智慧。道家有一点超越倾向，但过于孤僻阴冷了。余者所论则仅限于智识阶层的安身立命，于超越性的真理基本无涉。

没有家庭温暖的人

没有家庭温暖的人混得再好也是孤魂野鬼，对此应该有人负责。但愿他的余生有一场深沉的爱情和来自对方的真切关怀。

使命不是自己谋求的，是被赋予的。接受使命的人往往很被动，并不情愿。但他的确已经准备好了。这是区别所在。而孜孜以求者焦虑的不过是机遇。功利之徒四方游走不过是因为机会难得，这和使命无关。有时候使命并不起眼，比如照顾好一个孩子。

往事沉淀于我们的身心，它是现实的，有分量的。孩子之所以轻盈是因为沉淀物较少。圣人净空自己，常人所能做的不过是让其各归其位。这已经很不错了。

生命的确是有原罪的。我们吃肉，伤害他人，以进攻的方式自卫。只有真的衰弱了才有可能言及善，与善结合。善不是别的，就是自愿地削弱、受损，自愿死亡。

不要以为有益于别人，只要不损害别人就可以了。不害人是底线。没有底线至高的目标也只是一些借口。

区别就在于，有些人无知无畏，有些人自知有愧但还得继续活着。后者不那么趾高气扬有所收敛。也许，对自身恶的洞悉就是善，除此之外我们并没有其他善的可能。

在动物看来，人大概是魔鬼，是恶魔的族类。

一般而言，我们爱上的是经我们美化的事物，我们厌弃的是我们投射到别人那里的东西。在我之内，这个范围内并无任何菁华。

死不足惜，的确不是什么大事，除了我们自己不堪接受外，亲朋好友自然也会为之惋惜。因为你是他们的一部分，你就是他们。但的确无足轻重，甚至也一无是处。生命（所有的生命）只是无限宇宙中的一声遥远之极依稀莫辨的呻吟，几乎可以忽略不计。但我们不甘于此。

有序的强度令人愉快，混乱的强度比较耗人。

影响力不是一件好事，让你意识不到根本性的贫贱，并且依赖于此。

百毒不侵的世故和万箭穿心的自由……就此分别两条路。

自由的代价就是让你破碎飘摇。世故让你圆满。

凡事要求完美是一种刻薄，和认真做事无关。

认真做事，但应拒绝完美，特别是完美的意识、意欲。

认真做事，但要允许异质因素的介入，无论这是来自上帝的灵感还是凡夫的谬错。这是一回事。

对自己刻薄的人往往会刻薄别人，因为他觉得有这资格。如此一来，他对自己的刻薄就毫无价值了。

·········

康复的感觉真好，哪怕是从微小的偏差中。渐渐充沛起来，伤害性的因素就无处可藏了。一个病人伤人伤己是免不了的。宁愿做一个柔弱的健康者，不做一个强大而激动的病夫。

经验和觉悟是两回事。前者形成壳，后者是内部的粉碎和不复存在。

经历怎能不伤害人？如果没有了解，狂喜也会变成地狱。

意外非常神奇，比预感神奇多了。任何好事和坏事通过意外在你的灵魂上打上烙印。意外的增量导致质变。

“孝”的概念的确不同寻常，因为它是反自然的。老人并不可爱，甚至会令人厌弃，但是你要爱他们。爱并不可爱之人是困难的，不仅反自然，也是超自然的。爱老人就像爱穷人，其中并无所谓的浪漫诗意，真实的善而已。

遗世独立被指责为逃避社会责任，就像你身在其中便能行善一样。这个还真不能肯定。

过分的自尊是一种负担。为何你就不能在世人的眼中不堪和无能，无德，甚至于轻浮呢？也许不应该要求任何魅力，只求不讨人厌，这才是值得去做的。

爱是道义，是恩义。

伪善是恶，但绝非首恶。首恶肯定是残暴不仁。以伪恶对抗伪善自以为是善，但仍然是伪善。在我们的时代也许伪恶更具审美性，所以会一时风靡，但多了也会让我们失去敏感性，不再能感知对错。

经验算不了什么，是生活过的人都可能拥有的。但他一直在寻找，这种努力和渴望，这种虚席以待、空出和余地才是有价值的。有一天他得到并确认了所获之物是有价值的，没有得到并知道自己没有得到，也同样有价值。我宁愿看见这种追寻的空虚和未果，不愿意看见虚假的满足或漫溢。

“他很愤怒，却异常温柔。”所有这些彼此冲突的品性如果不是轮番发作，在一个人那里合二为一，那真是绝妙。

学习温柔比学习讥讽困难多了，因为我们都是刚强难化的人。

有人见多识广，有人沉浸于黑暗。在黑暗中一无所见，内视不免发生。

需要一种里面敞亮而由窗口发出的光明，不需要那种射灯反照的巨墙大幕。

一切都源于一念

一切都源于一念，善护念很难。这是一念之差的人生，是不断地一念之差的人生。都在谈论对机会的把握，有谈论对念头的把握的吗？

面对佛教徒为基督徒辩护，面对基督徒为佛教徒辩护；面对政治家为艺术家辩护，面对艺术家为政治家辩护；面对罪犯为受害人辩护，甚至面对受害人为罪犯辩护。这大概就是我所理解的正义。

弱肉强食是宇宙法则，但也许还有一条，弱者的肉是有毒的，能置你于死地。是为平衡。

要么臣服于上帝，要么扮演上帝，这是一些人的逻辑。他们是那么地倾慕强者。可真实的上帝理应是一个弱者，沉默的羔羊。

优越之物令人赞叹，优越感却是一种卑下的情感。

自以为是很可怕，特别是因为负气的自以为是，有个什么东西挡在中间让你拒绝认知真实。说“不”是可以的，“我不”需要警惕，“我就不”则根本犯不着。

人格神话已经破灭，如今流行的是智力神话。和人格一样，人的智力也是有限的。当一个人丧失了智力在今天是比伪善被揭穿更可怕的事。但人的智力肯定会丧失，因为衰老和死亡。相对而言，伪善不过是某种骗术，不涉及根本。

能揭穿伪善的并不是善，而是恶。只有恶才能与它之外的恶相对抗。真正的善并不运行于这一维度。怎么说呢，它以消解自身的方式消解对方，同时，善也是清晰如实地对恶的感知。感知即转化。既感知对方的恶，也感知我对恶的憎恶。

你希望对方好，以为这事很重要，但如果其中产生了焦虑那就适得其反了。希望总是产生焦虑，但祈祷不会。为你担忧的人祈祷吧，而不要寄希望于他们。

一箪食，一瓢饮，在陋巷……这不是安贫乐道，简直就是美，是“乐美”。

谎言有时候很真实。谎言掩盖下或者联系着的那个东西很真实。我们甚至可以通过一个人的言说，知道他自己并不知道的东西。实际上大家一向对自己撒谎。

除去对死亡的恐怖，死亡对我意味着什么？除去我害怕死亡的投射，他人的死对我意味着什么？让死和死的各种形式变得可亲可近，也许是一生的任务。

性是本能，但性取向并非本能，虽然它通常植根很深。说到底，这是一个“口味”问题。口味的取舍也固化很早并且难以改变。无论性取向还是口味都和饥渴的解决有关，但它们并非饥渴本身。

意识是有层面的。在一个层面，我们觉得生命并无意义，在另一个层面又觉得生活义不容辞。问题在于，哪一个层面是更靠基底的？宗教和实证科学哪一个涉及得更深？我并不是说宗教就一定比科学涉及得更深。

趋善和伪善怎么甄别？如果甄别得过分，趋善也变成伪善了。所以我们应该尽可能地相信那就是趋善。此外，任何人间之善都经不起揭穿。

想象也是一种了解。想象凭借一些片段，然而全然的了解就是说你就是那个东西，已不存在了解的对象了。比如对一棵树的全然了解就是你即是那棵树，这里实际上已经取消了了解。人不了解他的身体，但他的确就是他的身体，并不妨碍使用他的身体。所以说了解并不一定就是必要的，它和想象同质，都是由虚无的智力构造做作而成。真正的了解不过是感同身受。

· · · · · · · · · ·

当你的亲人变成了鬼，你便爱鬼。他活着或者死了，对你的爱而言并无不同。

体力、精力、记忆都将离一个人而去，希望注意力是最后丧失的东西。盯住纵深处的某一个点。佛法讲最后一念，勿至涣散，大约就是这个意思。

劳累，为了休息。喧嚣，为了退出之后的宁静。尽力地活，为了充分地死。我所向往的目前还没有资格拥有。

成名人物极端的崇拜者有两类。一类是无条件地拥戴；一类，则把对方设定为假想敌，试图取代。前者就不说了。后者，付出的心理代价太过巨大，根本不值。

热情只应该表达于你所喜爱的事物上，表达于你所不屑和反对的事情上，观感就有可能变形。在喜爱中才有发现和惊喜，相反的否定性的热情会吸收我们的能量，将我们裹挟而去。

灵魂备感孤独是因为你想象除你之外的所有的人都在狂欢。那么死者呢？事实是，所有的，包括死去的和未来的灵魂都同样孤独。融入这孤独的共时同在你就坦然了。就像墓地总是拥挤的，但也是寂静的。

别人尊重你是一回事。由于种种原因他们不得不尊重你是一回事。在得不到尊重的情况下你仍然尊重自己是一回事。尊重你之内的那个并不是你的无名者是一回事。

中道，就是不落于两边，就是行走在刀刃之上。相对而言，极端主义的平庸是一目了然的。极端主义所反对的东西构成了它的背面，完全脱离不开。

灵魂不灭并不意味我会永生。我的永生有赖于我的记忆，但记忆是可以抹去和消失的。当我不记得我，不灭的灵魂就是另一个人的灵魂了。灵魂或者意识里的那个有关我的部分（或者只是一个标记）决定了灵魂的归属。但，因何非得有这个“我”不可呢？

有一些人就是那么亲切，一切无须多说多解释，其信任让人如沐春风，理解你就像理解他自己，且从来如此。的确有一种情谊有如天赐，不可多得，交流顺畅，毫无阻力。

人的专注几乎是唯一珍贵的品性。专注铲除或者遗忘恶。专注于一己之爱也能产生美。专注开掘深度。专注凝结成艺术品。专注传递精神价值，让后来者苟活。

无不和有相对，和有相对的是负有。无是零，某种感应式结构。从未出生是零，活是有，死是负有。离去也是负有，和死一样，只是死已行至不可还转的远处。

冷静算不了什么，重要的是宁静。宁静，就像它原本就在那里的一个事实。

任何理想主义都比虚无主义坏得多，真正的虚无主义如此之难，如此纯洁。我们通常所说的虚无主义不过是功利主义和市侩主义。

做不能胜任之事，但尽其所能，别人对你的信任便会产生。由于这种信任你就会势在必得。

习惯于工作，但渴望悠闲，这样比较好。反之，习惯于悠闲但渴望工作将陷于被动。悠闲永远强于工作，因此需要将其置于渴望的位置上。所有珍贵的东西我们都应该这样放置。

饥饿才有美食，困倦才能睡个好觉，有爱欲对方才会美丽。这不是幻觉，是有其身心依据的同构性事实。

受损而不反击相当于布施。

概而言之，人不是伪善就是伪恶，而且，伪善者不伪恶，伪恶者不伪善。我们力图维护的那层伪装不过是一致性。真实不堪忍受其实就在于，人本质上的分裂和冲突（人即矛盾），一致性让我们看上去多少有些尊严。

· · · · · · · · ·

一个东西已经成形，改变起来很难。修正的过程说到底是完善，而不涉及超越。

若遇事，沟通的要领不在于说服、解释，在于态度的和悦。若无事，则尽可以道尽事情的原委。

奢华让人尊敬，贫贱而心安理得，二者实际上都与物质获取程度无关，是精神施展的诡计。一个人奢华到心中无愧和一个人贫贱到令人起敬，困难程度是一样的，这两种人都不同寻常。

无论幸运或不幸，在被揭示的时候才存在。结果或许并不预先存在，由你的结局而定。看似无关紧要之事，决定了重要之事。焚香沐浴之必要，正因为它们是多余的。很可能存在着一种横向影响，一种非逻辑的因果，不是纵向的先后关系。同时存在的事物之间、因素之间有其比前因后果更神秘的彼此关联。

除了修行者的生活，任何生活想起来都令人悲伤。求生者必死，辉煌者必堕，除非是自愿的，结局无不令人扼腕。我们是多么地珍爱自己的所成，多么地不愿意。

我们不是被毁灭了，而是被不愿意被毁灭给拘住了。

做这样一件事，就是要遭遇一轮轮的否定，没有人会赞同你。这几乎等于福音。并非是凭借自信，而是，在无人相帮的情况下空出了神秘的托底的位置，便有神明现身。信念，而不是自大，更非欲望。需要厘清的至少有这些。

对世界要说是。对自己要说不。

从某种意义上说，凝聚精力是善，发散精力是恶。引而不发，放弃可能，转向纵深幽暗处。

可以盼望，但不要心驰神往。梦断醒来，天地已是全新的了。

只做不得不做的事，只做可顺手一做的事。但应该全神贯注，在使用精力的同时产生精力。

执着的确会引发危机。我们执着于好事儿，也执着于恶劣的心境，尤其是后者。应该离开和斩断，在万籁俱寂的时候回来。

相信和对方无关，也和真相并不一定一致。相信是一种世界观，猜忌也是。透过相信或者猜忌真相呈现出不同的面貌，都得到了真相或者偏离了真相。除去有关真相的因素，相信还得到了别的东西，就是它本身具有的价值。

艰难困厄是一种常态，解救的时机并不能由你把握。所以既不要抱有希望，也不要绝望。物随心转是可能的。

无关可过，无险可守，当一切整理拾掇清楚，就来到了另一边。

在成功与失败、出发与抵达、开始和结束，甚至生与死之间有一些模糊地带。经历的时候不觉得，回头一想不禁泪下。

你虽然是孤儿，但有人养育你，就不是孤儿了。你不是孤儿，但被父母遗弃，就是一个孤儿。孤儿和非孤儿其实是一样的，不同就在于是否有人养育庇护，并不是说你和你的养育者之间非得有某种亲缘关系。孝的奥义不在于血浓于水，而在于来自陌生人付出的致命恩情。父母爱子女或许是出于本能，而反哺却是恩义的体现。孝，用来描述这一逆向性流动。

把你的父母看成陌生人（这属于对本质的洞见），因此对他们爱的付出就有恩义无法回报的观感。

放弃自我，很重要的在于放弃我的时钟，要配合存在具有的宏观节拍。在时间里流浪一如在空间里流浪。

不要过于谦虚，不要过于急切，不要过于亲密，不要过于畏惧。

枯槁者未见得没有生命力，未见得气场不大。鲜亮者最易腐朽，枯槁似乎已经越过了朽坏的环节，趋向于永恒。一张枯叶、净尽的白骨等等。

一件事如何变得具有“历史感”

一件事如何变得具有“历史感”？就是经历了诸多有关和无关的折磨，停顿、转折、偏差、错失和更改，磨损剐蹭，总而言之是疤痕累累不再光洁。如此才会有一种别样的美（包浆？）。物和人一样，和事一样。但这些果真是必要的吗？

不幸不在于我们无法预测未来，而是，无法以终结的观点回头看。至少在当时不能。我们看得见万物的生长、努力和挣扎，却看不见无论成败的徒劳无功。生活着和生活过不是一回事。生活过和看见生活不是一回事。什么时候你才能看见生活就像看见了死亡？

克服困难和险阻，会带给我们一种虚假的成就感。这也是很多难办之事具有魅力甚至魔力的原因所在。但实际上你可能已经偏离了目标，早就离题万里。

不仅虚荣会刺激人，困境的克服亦然。有些是和要做的事情无关的，但也许必要。就像性快感的存在是为了繁衍目的的交配。

攻城拔寨的雄心和虚荣一样令人陶醉，虽然无聊，但可能不无重要。也许这是原动力的一种。当我们发动起来，便可以用这种虚张声势完成需要全力以赴才能完成之事。这就是所谓的状态。在一种状态里，因受到刺激力量发生了几何级数的变化。

努力精进，但尽其可能地虚无。这大概就是释迦牟尼告诉我们的最不可思议的真理。

· · · · · · · ·

真理无条件，但触及真理并非无条件，太有条件了，以至于苛刻无比。凭借一己之力立于虚无，或许永无尽头，就像背靠真理一样待在并无真理的真空渺茫中，不倒下去。

令人绝望的是我们身处梦境而不自知，也因为在这梦中我们是井底之蛙，双重的局促。既没有不同的维度，在一个平面上移动时还画地为牢。这就是为什么，就算你有机缘行于天际仍然像在地面爬行。天才的狭隘常常令人更加惋惜，愚者的辽阔反倒有可能翻盘。

敏感相当于智慧，但仍需要力量。力量第一义，无论行善还是作恶。作恶者需要抱必死之心，行善者常怀已死之念。后者显然更需要力量。

节奏不来自转折，来自间隔。需要重视生命中大大小小的间隔，休息、失败、归零，结束或更替。日与夜的转换，生病以及一些生活中的变故都是提示。中断和空出是可以依赖的动力之源。持续不断的人生既可怕又危险。

在无聊中，我们想做事情，但由于精力不济，刚开始就疲倦了。于是我们就想做一件立刻便能看见效果的事。效果可以稍稍刺激你一下。开始于无聊，维持于虚荣，终于力有不逮。大概就是这样。

· · · · · · · · ·

在我看来，基督和佛陀是量子纠缠，而不囿于逻辑矛盾的范围。

人是自毁者，却不能自知。并非是毁于一旦，而是消耗于日常的不可遏制的积习中。与其和习性争斗，不如探测根本并且加以挖掘。

局外人的客观不及异乡人的敏锐。

二元对立根植于人的生理层面，好的 / 坏的，有利的 / 有害的……高下之论则根植于人的社会层面，上等人 / 下等人，贵族 / 贱民……基于人之本能（社会性也是人的本能）的思维方式有很多变体，尽管冠冕堂皇仍然是有条件的，囿于人的生存局限中。

因导致果，从果可以探知因。因果关系是时间之维中事物间的联结方式。若无时间，只存在事物以及事物间的分别，混合成一个无运动方向无结构的整体。因此承认因果就是承认事物间的联结，承认部分与整体结合的必然性。偶然性则是一种局部描绘，意指缺乏和整体的关联性，游离于时间。

不存在错误的因果，只存在对因果的错误认知。或许，恶有恶报就是一种对因果的错误认知。看清因果不是一件简单的事。

转变立场就是转变视角，从另一个角度看同样的事。这不仅是智慧，也是一种仁爱。

你可以静静地感觉到一个去处，如果试图超越便碰到了墙壁，被弹回比原来更落后的地方。即使有所抵达，也和错失无异。让静穆的风景席卷而去。

虚度者悠然自得，没有这份悠然就不是虚度，是浪费生命。浪费生命的人往往焦躁不安，行为上狼奔豕突。专注者安静，其努力也不等于咬牙切齿的奋斗。度过时间是此生的主题，区别只在于主观心态，不太赞成用做事和不做事进行划分。也许虚度和精进在求仁者那里可以合二为一。

食色，性也，但并不一定是生命最深的渴望，还有被抚慰、和同类互动、游戏、创造以及被需要，这些渴望亦植根很深。

我为何而活？为被爱、被喜欢、被认可，不可或缺？这些是否也是很深的渴望？这里也许存在着一个转换，主动地爱、喜欢、认可和承认自己其实并一无所是。

说是很重要，其诚信的前提是，对自己说不。

· · · · · · · · ·

不对任何人寄予希望，只需要信任。倒过来说也成立，只对信任负责，而拒绝任何人对我的希望。

有一种观感，别人的生活让我去过，定能过得圆满自在。唯一过不好的是我自己的生活。问题究竟出在哪里？

能否不从结局了解这必然的因果？而从因的这头瞭望到将来？理应丢掉幻想，没有例外。没有幸运和恩赐，没有漏网之鱼。

人之刚强、顽固超乎想象，甚至极端境遇也无法使其改变。

自我是某种虚拟的中心，总觉得万物拱卫之并为其服务。但这个点作为调节器也许是有效的。调节自我，以求自我周边的平静。你身处的世界是目的，而自我是方法、手段，并非相反。

精神生活的首要因素是注意力。它不仅给出方向和目标，也是实现目标的能量本身。你注意什么你就爱什么，注意就是爱。选择和规划注意对象，把注意力从无关紧要中转移出来，将涣散的精力集中一处，这些能力和技巧都至关重要。

精神深度不取决于知识，不取决于思辨，也不取决于丰富多姿的极端生活。它是触及根本地对关系的了解和洞悉，体验上的敏感加上尽可能地理解天赋。深度在某种意义上约等于幅度、广度或者另一维。

一个平凡的人能获得的最大的好处就是独处。圣人不然，时间不属于自己。既是平凡之人又被各种事务左右是很不值得的。既是圣人又号称出离世间也名不副实。

虚的东西很实在，带着这份分量去生活，滞重的现实也可以相对轻松。死者、离去者、爱和神明以及不可见的因果。

对真理的敌意有时出自对伪善的厌恶，有时则出自一种忌妒：“怎么可能有比我的发现更了不起的东西呢？”

轮回不是安慰剂，是一种更为辽阔的理解景观。将理解扩展到生死的区间之外、一己肉身的生存之外，寻找关联和意义。

当我目睹他们活剥水貂皮，至少在那一刻不可能不相信因果报应。痛苦和爱恋的情感释放于宇宙空间，不可能消散于无形，不可能没有痕迹，不可能不转化。

根据现实深感虚无的人很真实，但固守虚无据此行动和判断则有待商榷。

《道德经》不是辩证法，而是因果论，至少是此世间的因果论，虽无善恶果报的跨越性视阈，但在何者为善何者为恶的辨析上却更加明晰。例如无为而无不为，无为是一种善，无不为也是一种善，因一种善而导致另一种善。再如企者不立，企者是一种恶，不立是一种恶，一种恶导致另一种恶。

有堕落者，也有行进在途中的人

有堕落者，也有行进在途中的人，但没有位于中间坚定不移的人。

所谓修行就是灵魂的实战训练。在日常生活的修行中，就是在每天的负面甚至极端的情绪中屹立不倒。灵魂的养尊处优不是修行。

应该避免任何形式的炫耀，不仅不要问“别人会不会因此而尊敬我”，也不要问“他们会不会因此小瞧我”。有功和无过都不要在意。

耶稣的登山宝训震撼人心，因为是一种预言式的祝福，因为如此不由分说，因为它是来自纯洁者的许诺，和世间的道理完全不同、相悖。也在于它是由一个人宣说的，便有了具体生命的生动。

因果是真理，至少在可知的范围内。在不可知的范围内，我们无法了解因果的运作，犯错的是自以为是的解释，而非因果机制本身。在可知的范围内，因果却是异常分明的。

在因果这件事上，我们要知道并没有例外。行为一样，结局必然一样。我们的自恋在于，认为可以不一样，或许可以不一样。这不过是自我中心所导致的谎言和自欺。

你想要得到什么结果，或者想避免什么，那就得知道该做什么和不该做什么。不想重蹈覆辙，就必须与那些人所为不一。问题也许或仅仅在于，力量的匮乏。力量第一义，但它从何而来？也许信仰是一途，集体氛围和外在约束。恐惧也是一途。例如有的人自打被确诊为癌症，从此洗心革面，整个生活方式都改变了。还有其他的力量之源吗？

真正令人心力交瘁的东西，不过是软弱，缺乏力量。所谓天生丽质就是力量和智慧相当，相互支撑。

没有别的世界，你目光所及的范围构成了你的世界，在这个世界中你努力获得重要性，却以为是世界的重要性。至少你会有一种幻觉，觉得你所在的世界是比较重要的。殊不知，大全之世界是没有中心的，一个人的重要性如果有，也早已隐含在与万物平等的微不足道中。

客观的意思是事情在我们的外面，这并不等于我们在事情的外面，后者是置身事外之意。我们以前是待在里面的，但由于种种原因从中抽离了。比如家人遭遇不幸，或者亲友有难，我们本应该是首当其冲的，但却只是隔岸观火。这绝不是客观性，而只是逃避（主动的）或者幸免（被动的）。我们的主观情绪不可能不牵涉其中。

无论如何，最大的恶是暴力（肉体的、精神的、语言的），伪善次之。虽然伪善令人厌恶，但以暴力应对仍然是不合适的。况且义正辞严的暴力就是伪善。

· · · · · · · · ·

最好是和这个世界没有关系，或者，在脱离关系以后再建立一种关系。就像死者看着他生前的世界，我们有必要看向群星，那些死去的光芒和图案。生活在一个没有隔绝和距离的世界中，被激起可怕而愚蠢的欲望、虚情假意以及愤怒，我们会被这种“身不由己”压得喘不过气来。

欲望不是直觉。在大多数情况下我们的行动由欲望推动，但冠以直觉之名，二者有必要厘清。直觉能告诉你很多东西，但并不提供行动的动力。实际上，只有真正清心寡欲的人才可能按照直觉行动。但他往往不动，因为已失去了动力。

父亲节。我是心中有父亲的人，得知道不是重复他的命运，而是要活得好、心思明亮才是他愿意看见的我。所以要争取做到。

爱不仅是欢乐，也是悲伤，不仅是悲伤，也是欢乐，如弘一临终所题“悲欣交集”。世俗生活中有纯洁之爱的蜕变形式（如男女之爱、亲友之爱），我们也能体会到两种冲突情感的集合涌现，甚至超越二者之上的意蕴。慈悲亦然。慈悲就是东方之爱，基督之爱就是佛陀的慈悲。因此人生的目的并不在于追求快乐幸福，而在于寻觅结合它的对立面时所产生的聚变，所谓的意义由此给出。那是一瞬间或者持续经年，你能感觉到各执一端的情感融洽无间彼此渗透，就像一生精神历险的浓缩，都在其中了。甚至浓缩的是整个造物众生的情感，不再分裂交融于一。

人若把一切计划得太周详，就是拒绝超自然或者命运的干预。人生的计划是一张草图，具体的实施应该追随冥冥之中的力量。写作同理。

世界上有各种妖魔鬼怪，各种心魔各种刚强，只有如同虚无一般深广的爱才能勉强化之。应该祈求的平静无非是一无所有，一无所是。

上帝即神，神即神秘，神秘即隐匿。在此意义上，我肯定不是一个无神论者。但在我这里神明的形象类似于虚无。

发现自己真的不热爱生活。但我热爱热爱生活的人。这是我热爱生活的方式吗?

愿望，加之以静观，这就够了。行动不应该在时机出现之前，心理启动更应该靠后。我们所做的恰好相反。

愿意看见别人活得津津有味，我只想活得有条不紊。

仇恨是需要克服并且战胜之的，不恨真的不是一个决定。比如所爱的人被无辜杀害，你的灵魂岂能不受伤呢？落入深渊是肯定的。站起来首先得面对真相，面对灵魂受伤所造成的黑暗空洞。也许在暴力面前需要的是人性的刚强，而不是软弱的自欺。

· · · · · · · · ·

总是原谅自己。总以为会有一个全新的开始。总是屈从以为只需一声断喝就能驱散的心中的魔鬼。人生如梦不可怕，可怕的是这梦不成形，涣散零落就像昏迷。

你无法对作品里的人物言说，只能听他们说。死者看我们大约就像看作品里的角色。我们看世界如果能这样就好了。禁止施加影响，也不受影响，同时又能亲密与共。

一开始大家的差别不大，辨识度不高。后来，就秉性相异了，怪癖和固执凝结成不可撼动的自我。还是尽量做一个无个性的人吧。

伤感是轻度的空虚，似乎可以玩味。但经由此途，情绪的浓度会增加，以至于不可控，成为某种货真价实的苦楚。而所有真正的苦楚都难以安慰。

也许，自信与否并无关紧要，但人的确是由他人的信任塑造而成的。

某些时候，你需要的并不是建议或者意见，需要的只是信任以及实际帮助。

人最大的能力是模仿。因此当你走投无路，就模仿一位寂静者；当你春风得意，就模仿一位谦卑者。渐渐地就以假乱真是那么回事了。因此基督信仰要求信徒活成耶稣地上的影子。

将身体拆解为原子，心溶解为心流，如何组装是另一回事。

视觉上的焦点误导了我们。我们是向着一个方向而去的，而不是一个点。世界便豁然开朗。

觉悟者，有人靠天性，有人靠智慧，有人靠努力，有人靠忠诚。

一个落魄的和平主义者几近于圣人。

在两极分化的世界里，富贵是有原罪的。

富人应该有适当的羞愧感，穷人需要稀释怨恨，这是我对修养的理解。

骗子总是说得很多，且通俗易懂，或者说得结屈聱牙，总之是说得很多。

越是动荡，日常生活越是必要。保持自己的节拍以呼应整体节奏。如果有可能的话，坚持做每天必做之事。

不要试图摆脱时间，也不要追逐它，与其合一。

诚实的自我约束的虚无主义是精神生活的清洗剂，也是解毒剂。

·········

有人在生前就写好了自己的墓志铭，这很怪异。

除了供养自我，我们总得剩下一点什么供别人使用。如果你以自恋的方式吞下了整个儿自己，对世界而言就成为多余。

薇依的财富不在于容貌，也不在圣徒之行，她既非梦露也非特蕾丽莎修女，这两方面对她的解读都是浪费了珍贵之物。薇依是真实的思想。当然，既然思想是真实的就体现为知行合一，既实践了知行合一就有难以遮掩的容颜之光。我们只有不倒因为果，通过阅读才能了解这笔财富的性质以及正确用途。

奥秘的敞开是一个意外，诗的灵感是一个意外，猝死（各种死亡或中断）是一个意外。应该坐等幸运的意外，练习不幸的意外。

在孤独虚无中，我们和伟大的存在对话，我们感受到来自他关切的一瞥。这是幻想出来的安慰，还是一种真实？就像在阅读中你看见角色、人物的绝境、孤苦和黑夜，只要他们沉默以对就如此之美。也许，也有谁这么阅读着我们。

一种深刻的思想我完全理解但无法说出，其原因就是，我把它作为对我存在的解释，而非出自我的存在。

“狐狸有洞，天空的飞鸟有窝，人子却没有枕头的地方。”某种居无定所的生活，可消除对于家庭的执着，这也涉及人生的真相，我们都是过客。

多年来学会的一项义务是，站在死者这一边。

· · · · · · · · ·

人都有无法克服的道德困境，无论你如何选择都是错误的，甚至也没有“错误较小”的安慰。我们无法在所有的事情上做到心安理得。有时候这些事还事关紧要，无可搪塞。具体到小查理一事，其难题就在于当事人无法自主。现代社会，我们把自主权看作是神圣的，只要不危害他人，我们对自己所做的一切都是被允许的。实际上这是一种无可奈何，一种具有实用价值的意识形态。在小查理事件中，当事人无法自主，就把这道德责任或者说重负推给了我们。我们有义务帮助别人结束痛苦，同样，我们也有义务帮助别人延续生命并寻找解除病痛的希望。在某个时空的交叉点上，这两项作为人的义务却暴露出我们的本性，一半是魔鬼一半是天使之真实的人性暴露在我们的无能中。除非我们是全能的，否则就无法不承担某种程度的罪恶。如果真实地面对选择，而非社会议题的讨论，哪怕局限在你个人的生活中，完全的纯洁和无辜是不存在的。甚至于，有时候承担责任就是承担罪过。只有自欺的人才有可能完全清除内心的纠结。

只要是人就无法解脱，尤其是那些想拥有所谓高峰体验的人。大喜必有大悲，站在山巅的人会堕入无底深渊。两极的强度是联系在一起的，像量子纠缠一样地互为因果。功名、佳偶、金钱、不朽，这些都是一极，不仅无法摆脱另一极的威胁，某种意义上还直接是其原因。所谓尘世的幸福，如果有，也是在尽量小的幅度内振荡回旋。

春风让人伤感，只因生机之故。想念逝者、离去的人，他们是一些空出的位置，和我并行于斯。他们就是或者已经化作了这流动的无形的广大。

做一件事，合作的人很重要，不能有习气，要有合作的热情。价值观也应在一个大致相同的范围内。最后才轮到能力。但有了前三者（无习气、有热情、价值观相同）又岂能是无能之辈？相反，前三项中若有一项不达标，于我而言对方的能力就是负数。

如果我的身体完全失去自控，如果我命悬一线，如果我浑身痛楚，必然会启动我最原始的自私本能，抓住亲人的手将其拖累。如果你真是我的亲人，就会知道那不是自私。

对人对己，很难做到基本的公正。有时理解力上能做到，但情感、心理上做不到。另当别论的视角是我们无法超越的原因。

杨碧薇专栏

YANGBIWEI's Column

华语电影中的两种诗人形象

杨碧薇

人类爱做梦，电影正是“已经制成的梦”（雨果·毛尔霍佛语）。在影片《盗梦空间》（2010）里，人对梦的征服达到了新高度。依苏珊·朗格（Susanne K. Langer）之见，“电影‘像梦’，则在于它的表现方式：它创造了虚幻的现在，一种直接的幻象出现的秩序。这是梦的方式”[1]。因此，我们有充足的理由相信，在电影这个梦工厂中，一切皆有可能；同时也应该清楚，电影的白日梦是亦真亦幻的，其中既裹藏着真理，也难免有谬误。

当电影与诗歌 / 诗人题材触电时，它的表达也往往是虚实相生的。一方面，电影能准确地抽取出事物的某些特点，并用电影的手法对其进行包装，使之在银幕上得到突出与强化；另一方面，电影对事物 / 形象的塑造又受制于影像的传播规律，有时难免是夸张的、偏颇的。总的来说，电影对诗人形象的表达，包含着大众文化对精英文化的想象，也从侧面反映出电影对诗歌的理解。从中，我们能窥视到（以诗歌为代表的）精英文化在文化场域中的处境。

有趣的是，在中国，电影的诞生与汉语诗歌的变革期是大致吻合的。在第一部电影《定军山》（1905）之后十三年，新诗诞生了（1918）。百年以来，电影与诗歌同时受到时代大环境的影响，二者互为映照；因此，从电影中看诗人，看到的不仅仅是诗人本身，还有政治、思想、文化、历史和记忆。

西方有不少关于诗人的电影，如《莎翁情史》《王尔德》《心之全蚀》《邮差》《瓶中美人》等。而在华语电影中，提到诗人形象，要追溯至 1926 年的《三笑姻缘》（又名《唐伯虎点秋香》，影片中有唐伯虎、祝枝山）。仅仅一年后，侯曜的《海角诗人》便横空出世，影片中首次出现了现代诗人形象。故事的主人公是青年诗人孟一萍，他独居荒岛，性格孤僻，与村女柳翠影情深意笃，两人历经波折，终成眷属。如果说，孟一萍的传奇身世与电影的叙事性天然契合，那么，他的孤独便是电影在精神层面的生动能指。传奇与孤独，正是《海角诗人》为华语电影创设的两种基本的诗人范型。

在塑造古代诗人形象时，华语电影的价值判断多为肯定的、积极的。常见模式是：

[1] 苏珊·朗格：《情感与形式》，刘大基，傅志强，周发祥译，北京：中国社会科学出版社，1986 年，第 480 页。

集中讲述与诗人有关的重点事件，强调叙事的戏剧性、传奇性，突出诗人的精神追求，赞扬其道德情操。《屈原》（1975）中忧国忧民的屈原、《辛弃疾铁血传奇》（1993）中立志抗金的辛弃疾都是这一类型。近年来，传统模式也出现了裂口，开始向多元化发展，《妖猫传》（2017）中的白乐天就是一位癫狂诗人。而在塑造现代诗人形象时，华语电影从来没有统一的价值标准，不同的声音促成了这一题材的丰富性。例如，《海角诗人》里的孟一萍就是一个正面的形象，为忠于内心价值，他不惜拒绝富家千金的爱情。《华山艳史》（1934）里的陈北峰、《风云儿女》（1935）里的辛白华，都在短暂的迷茫后坚定了人生信念。而到了《忆江南》（1947）里，黎稚云却被塑造成一名有“革命劣根性”的小资产阶级知识分子，他自私、懦弱、善变，是当时的左翼电影典型的批判对象。

1979 年，一部《春雨潇潇》将诗人拉回了观众视野。影片中，诗人许郎帮助男主人公冯春海修正了思想错误、选择了正确道路。对诗人的肯定，“显示了这一时期的编导对诗人（包括其他作家）的认可与欣赏”[1]；其深层原因，则是整合话语权、重塑价值观的时代需求。1980 年代以来，华语电影中的诗人形象更丰满了，前有《巴山夜雨》（1980），后有《白夜往事》《诗人》（均未公映）[2]。对诗人形象的建构，折射出华语电影关注现实的传统和精神超越的渴望。而以“大众 / 精英”为基本二元模式的文化话语权的缠斗，当代文化的旨趣及其嬗变，贯穿于电影产业的市场调控，都对这一题材的电影产生了深刻的影响。

一、诗人的正面形象：诗意的立法者

《海角诗人》的开头，放到今天来看，仍有一种不可多得的震惊之美：孤帆尽，

[1] 王侠：《中国电影中作家身份的想象与建构》，《四川戏剧》，2015 年第 12 期。
[2]《诗人》曾于 2018 年 10 月在东京电影节上放映，目前国内尚未公映。

海浪翻，孟一萍登场了。影片用全景镜头交代出诗人与环境的关系：大海辽阔，海鸥翱翔，孟一萍振臂跑到礁石上，长发与衣袂在海风中共舞！随后，他坐下饮酒，掏出纸笔写下一首诗："我离开堕落的文明，/ 回向自然的怀抱。/ 恢复内心的自由，/ 抛却一切的俗务。"在这一段落中，诗人的长发、宽袍表征着潇洒不羁、落拓狂放的性格，使我们自然地联想到竹林七贤、扬州八怪等个性鲜明的古代诗人。通过这身装束，侯曜表达了对古典汉诗的理解，但在他心中，孟一萍绝对不是古代诗人的复刻版，而是一个崭新的现代诗人。请看，孟一萍的书写工具是钢笔，写的是新诗（此时距新诗诞生仅过去了九年）。当镜头定格在他的诗稿（中英文双语）上时，电影的背景音乐竟是英文歌曲。

很明显，孟一萍就是侯曜心中理想的诗人：集才华、正义与痴情于一身，既继承了古典式的超逸和出世，又秉持着现代社会珍贵的反思与独立精神。这个新兴的现代诗人形象，与当时欣欣向荣的电影产业构成了生动的互文，凝聚着华语电影的美好期待。

1980 年，吴贻弓的《巴山夜雨》也塑造了一个正面的诗人形象。主人公秋石是一位小有名望的诗人，不幸蒙冤。影片刚开始时，他就被押上客轮，要渡过三峡去武汉受审。由于秋石是被秘密押送的犯人，所以这一角色的台词并不多，诗人形象的呈现，主要依赖于演员的肢体语言和面部表情。为了在"此时无声胜有声"的前提下突出人物的内心活动，影片主要采用了两种表现手法。一是用全景镜头，呈现出客舱内不同乘客的空间位置。当大家谈天时，只有秋石一言不发地坐在床上，露出一个弓身的侧影。对空间关系的交代，烘托出秋石的愁闷心情与孤独处境。二是用近景镜头。镜头多次对准秋石的脸部，他眉头紧锁，视线低垂。据此，观众可推测秋石此行前景不妙。"我们可以较长时间流连于那张硕大的'电影面孔'，并且毫不困难地看到那些最小和最微妙的变化……判断出运动的变化下面所蕴含的内容。"[1] 随着剧情的展开，我们得知秋石本有一个幸福的家庭，但后来他失去了一切，妻子死了，女儿也不知所踪；未来等待着他的极有可能是死刑。

秋石的台词集中在与押解员刘文英交谈的戏份里。他看出，刘缺乏独立思考的能力，启发她道："你才是真正的囚犯，你是精神上的囚犯……你自己去判断吧！要用自己的大脑。"虽然前途黯淡，他仍说："我对生活从来没失望过。至于舱里的人，更坚定了我的信念。"接着，他还拯救了跳水自杀的女孩杏花。他的言行深深地触动了刘文英，唤醒了她的良知。

影片塑造秋石这个人物绝不是偶然。20 世纪 70 年代末 80 年代初，中国人还未从伤痛与彷徨中挣脱出来。伤痕文学的流行，正是这种社会心理的集中体现。在这一特定时期，作为大众传媒的电影，其引导作用就极为重要。那么，什么样的电影角色

---

[1] 玛丽·奥勃莱恩：《电影表演》，纪令仪译，北京：中国电影出版社，1993 年，第 30 页。

才有说服力，才能承担大众启蒙者的职责，发挥电影的宣教及美育作用？当然首推诗人。中国是诗的国度，自古以来，诗歌都是民族精神的高峰；尤其是古典时期，诗人无异于至高理想的代言人，诗人的形象，就是由文明、神圣等关键词堆积起来的。编剧叶楠坦言，他在构思秋石这一人物时，所比照的对象正是历史上那些崇高的诗人、文学家："我便自然也想到屈原、李白、杜甫、关汉卿、曹雪芹……数不清的像璀璨星斗般的文学巨匠。"[1]

写到这里，有必要大致梳理一下，在古典时期，诗人的（正面）形象是如何被建构起来的。早在古希腊的《神谱》中，赫西俄德（Hesiod）便首次确认了诗人的自我意识、身份、权力和使命。《诗经·烝民》有"吉甫作诵，穆如清风"，被看作诗人自指（吉甫即诗人尹吉甫，他认为自己的职责是"诵"）。此外，《尚书·金滕》里亦提到周公写诗，周公的身份，有助于提升诗歌的地位。谈到中国诗人，自然迈不开屈原，这位有最广泛"群众基础"的诗人，自《史记》始，就在不断被阐释：两汉时期，其形象是悲剧性的；宋代以后，他逐渐被塑造成忠君爱国的圣贤；明清学者则认为他是有民族气节的爱国志士[2]。另外一些重要诗人，如李白、杜甫、苏轼等，其形象也被后世不断想象、建构。总而言之，古典时期的诗人形象建构，多为正面的、积极的，诗人是通灵者（兰波语）、立法者，是身怀家国心忧天下的知识分子，肩负着崇高的价值。

《巴山夜雨》对诗人的首肯，代表的正是华语电影中古典主义的一脉，这种价值认定也延续到《辛弃疾铁血传奇》（1993）、《梅里雪山》（2007）、《情归陶然亭》（2011）等诗人题材的电影里。影片的主人公辛弃疾、马骅、石评梅莫不具有良好品德和高尚情操，他们甘于牺牲奉献，认真寻求自我价值。受此影响，一些电影中的诗歌爱好者，如《红色恋人》（1998）里的革命者靳、《向左走，向右走》（2003）里的诗歌译者蔡嘉仪等，也把诗歌视为一种强有力的信念。对他们而言，诗歌是精神食粮，是美的理想。不过，要注意的是：在对诗人进行正面评价的影片里，由于主流意识形态的话语覆盖，诗人的个体性往往消弭于集体性中；最终，诗人成为一个具有特定含义的集体符号。

二、诗人的负面形象：跌下神坛的诗歌

前文提到，在《忆江南》里，黎稚云被塑造为一名有革命劣根性的小资产阶级诗人。对诗人形象的反面设计，更多的是基于当时的意识形态考量：若说《忆江南》是历史的过渡品，那么，《顽主》（1989）、《混在北京》（1995）则是当代消费主义和物

[1] 叶楠：《西窗共剪话巴山》，《巴山夜雨——从剧本到影片》，北京：中国电影出版社，1982 年，第 168 页。

[2] 参阅李中华，邹福清：《屈原形象的历史诠释及其演变》，《武汉大学学报》（人文科学版），2008 年第 1 期。

质主义的产物。

这两部都市题材的影片不约而同地对诗人进行了负面塑造。在《顽主》中，不入流的作家宝康为贪图虚名，自费举办了“TTT 文学奖发奖大会”，把大奖颁给自己。大会的策划机构“三 T 公司”为他找来些同样不入流的作家、诗人撑场子。其中有“著名青年作家”瘦竹、“诗坛新秀”秋风、“演员诗人”柳絮。他们说着观众根本听不懂的话，观众还对其报以热烈的掌声。这场喜剧生动地解构了诗人的崇高形象，对诗人给予毫不留情的挖苦与嘲讽。在视听表现上，电影特地搭建了一个 T 台。发奖大会上，模特们从 T 台上走来，一些伶人穿行其中；接着，演员也陆续登场了。在光怪陆离的灯光下，魔幻的电子乐装点着这出滑稽的大杂烩；T 台这个独特的空间，不动声色地传递出当代生活的荒诞感。

《顽主》里的诗人没有撕下的最后一块遮羞布，被《混在北京》里的诗人哲义理果断地撕下了。哲义理赤裸裸地追逐着名利。他出版了几本诗集，无非是自我重复，毫无创见。虽然水平很差，但他还想成为国际诗人，为此，他找同事帮忙，把诗集翻译成英文。在交际和钻营方面，他得心应手，与三流女歌手勾勾搭搭更是生活常态。这是一个彻底堕落的诗人形象。在哲义理身上，体现了 90 年代知识分子身份转型的困境；亦折射出现代性的文化焦虑——90 年代是理想大厦轰然倒塌的时代，一切都在物质面前低下了头；文化的突围举步维艰，而代表着精神高度的诗歌也跌下了神坛。对此，研究者指出：“《混在北京》在 90 年代问世不是偶然的，它是当时文化生演化的一种叙述。《混在北京》更像一则知识分子的危机寓言：世俗规则入侵文化场域，文化英雄在经济大潮中再次落难。”[1]

在《顽主》和《混在北京》里，对知识分子群体的批判落实到对诗人的批判上。这意味着：在普遍的认识中，诗人这一概念取代了知识分子概念，诗人成为知识分子群体的象征。整个 20 世纪，中国知识阶层的命运是坎坷多变的。80 年代前期，知识阶层赶上了短暂的“解冻之春”（李皖语），而到了 80 年代中后期，刚开始“复苏”的知识阶层又陷入了前所未有的窘境，受到了多种力量尤其是市场经济与现代技术的全面夹击。与此相伴的，是一股解构崇高的潮流。诗歌是最早嗅到这一变化的文体。早在 1981 年，胡宽就写下了《土拨鼠》：“土拨鼠咬啮腐烂的尸体 / 土拨鼠的哲学是宇宙瞬间呕吐和选择宿命毁灭论和自我欺骗体系”“土拨鼠五毒俱全 / 土拨鼠正跻身于先进种族之列 / 土拨鼠为本地区的繁荣昌盛作出了很大贡献”；1983 年，韩东有了《你见过大海》《有关大雁塔》，于坚有了《作品第 52 号》，王小龙有了《纪念》。随后，王朔写下《顽主》（1987）、《一点正经没有》（1989）、《动物凶猛》（1991）等小说。当代艺术也很快加入到这股潮流中，在新兴的摇滚乐领域，崔健有《不是我

[1] 王强：《中国新诗的视觉传播研究》，苏州大学博士学位论文，2012 年。

不明白》(1985)、《一无所有》(1986);美术界则有八五新潮和现代艺术大展(1989)。电影对反崇高思潮/价值解构的捕捉也算伶俐,除《顽主》《混在北京》外,还有《黑炮事件》(1985)、《北京杂种》(1992)、《头发乱了》(1994)等。反崇高对思想领域的全面倾销,反映的是价值秩序的高度失焦。

这种焦虑一直持续到新世纪。2011年,电影《敏感事件》中出现了一个偏执的诗人李宝宝。他年过而立,却与社会高度脱节,投出的稿件屡屡被拒,妻子也弃他而去。对于糟糕的生活,李宝宝无力改变,只好沉迷于网络,从虚拟世界里获得一点可怜的安慰。孤僻的性格、落魄的处境,使他铤而走险,沦为一名绑票者。为何电影要让诗人来充当绑票者?首先,在大众的认识里,什么样的人容易犯罪?答案是落魄者、敏感者、情绪无能者(如失去自控力,或有癫狂症)。其次,在大众传媒里,诗人又总是与落魄、敏感、情绪无能等词汇相关联,这其实是一种误读、一种符号化的偏见,却在很大程度上代表了相当一部分人对诗人的认识。

从正面到负面,谁来为诗人形象的转变买单?诗歌教育当然有不可推卸的责任。中国号称是诗的国度,但诗教传统在当代已被粗暴地折断。最显而易见的变化就是:在基础教材里,散文的占比远远超过了诗歌;诗歌不再是文学教育的重心,在教学中,它处于最边缘的位置。这样的教学模式所培养的教师队伍,也对诗歌普遍无知,无法向学生讲授有效的诗歌知识。在短时期内,这种恶性循环还将持续下去。在糟糕的诗歌教育里,新诗的接受情况又差于古诗。新诗自身的特性,决定了人们对它的阐释可以是不尽相同甚至是完全相反的。这就意味着新诗没有标准答案,难以与中国的考试制度、评分系统相兼容。由于新诗教育的欠缺,大众对新诗的印象主要停留在五四时期及朦胧诗时期。其中,徐志摩、艾青、北岛、舒婷等,都是关注度较高的诗人。而对当下诗人的写作、当下新诗的发展,大众基本上不了解。据调查,“以二三十年代的徐志摩、戴望舒、艾青等人为代表的诗歌受关注,达65.4%,对八十年代以后的诗人和诗歌介绍的非常少”[1]。可以说,今天的新诗已成为一门专业的学问,新诗的创作、批评与研究,门槛越来越高。无论新诗怎样标榜口语、民间与平民化,其本质仍是精英艺术。新诗的情况如此,而另一方面,古诗也从未消亡,只不过其生存空间和表现场域已被无限挤压。总之,诗歌自身的发展与大众的诗歌认知之间,早就出现了质的断崖。

其次,传媒也应当付起相应的责任。传媒有自己独特的运作机制,其中包含着威权主义(Authoritarianism)。“既然传媒和其他形式的大众传播都发生在一个已经高度组织化的社会里,那么它与这个社会的关系自然是由奠定社会管理基础的一些基本假设或原理决定的”[2]。而“在一些特殊的领域,威权主义的倾向就更加明显。比如电影。

[1] 戴金瑶:《网络环境中的诗人形象和诗歌传播效果研究》,上海交通大学硕士学位论文,2010年。

[2] 弗里德雷克·S·西伯特等:《传媒的四种理论》,戴鑫译,展江校,北京:中国人民大学出版社,2007年,第2页。

电影作为一种大众传播媒体，对于人们的日常生活、思想观念有着重大的影响作用"[1]。威权主义下的传媒"暴力"重塑了诗人身份，"传统意义上的诗人身份随之发生了某种程度的颠覆，成为一种传播学视野中的诗坛现象"[2]。在媒体环境中，诗人与读者之间不再只是创作与接受的关系，诗人成为大众的想象体；对诗人的想象既包含着大众的平庸，又少不了传媒的"诡计"——传媒知道宣传什么样的诗人形象才能博眼球，至于这些形象是否真实、中肯，与诗歌有多大的联系，并不是传媒所关心的。例如，当《妖猫传》中响起"就凭这一点，你比李白厉害！"这样的台词时，诗人的形象已被投入传媒的狂欢装置中，走向了无聊与反讽；万千媚俗，只为博得观众一哂。

电影中的诗人形象，无论是正面还是负面，都不能百分百地还原现实生活中的诗人本身。无论如何，电影提供了一个可供揣摩的有趣视角，其中的真理和谬误，有待观众自己判断。其实，在诗坛内部，鱼龙混杂、良莠不齐也都是常态。如今小诗人遍地，而我只期待着有才华、有格局、有远见、有担当的大诗人。正如朵渔所说，"'走上诗人这条路'是一个异常严肃的选择，不仅仅是一种职业，更是志业，是宿命，是准备为之而献身的献祭。要承担太多选择的痛苦，包括诗与生活那'古老的敌意'。当然这其中必有极乐，必有让人为之而献身的高度或深度"[3]——真正的诗人，永远对诗歌保持向往，随时都准备着为诗歌奉献：

> 即将为我热爱的诗歌，或许早已经写出，
> 或许正在诞生，它们就像星光
> 穿越大气层，还要过一些日子才到达。
> （朱朱：《小镇，1984》）

2019-8-18 陕西西安

---

[1] 马正华：《现代传媒伦理研究》，东南大学博士学位论文，2016 年。
[2] 李冬杰：《试析大众传媒语境下诗人身份的颠覆与重建》，《楚雄师范学院学报》，2010 年第 2 期。
[3] 朵渔，时宁：《颈子高昂，迎向那道光——回答时宁的十二个问题》，朵渔：《在猎户星座下》，北京：作家出版社，2018 年，第 153 页。

霍俊明专栏

HUO JUNMING's Column

从“世界的血”到“私人笔记”

——我的长诗阅读史

霍俊明

下篇

90 年代以来尽管仍有少数诗人在倡导“神性写作”，但是一个不争的事实是诗人的整体性前提已经不复存在。那么在此境遇下诗人还能够继续追赴伟大的诗歌共时体吗？还能在长诗中完成精神对位法并在读者那里构成阅读的同构性吗？显然，当下的长诗也正成为庞大无形的“日常之诗”的边角料——日常经验的平面化场景描述和现场主题的快速对接。那么，在当下这一丧失了神性和整体性，甚至诗人个人乌托邦和高蹈性也空前消弭的语境之下，一首长诗需要什么元素和基石得以完成呢？在“大诗”的神话思维和上升秩序必然得到限制和修正之后，普遍出现的是叙事性和戏剧性的世故和油滑，以及一个个被抒情或者知识驱使的自我重复和膨大的自动写作机器。

失去了整体性依托的隐喻和象征，失去了应和者的内倾式的现代主义诗人必须重新另辟门户，重新发现词语的可能性以及在词语中重塑现实和发现新景观的可能性。而 90 年后期以来的长诗越来越突出的就是现实关怀，诗人普遍强调诗歌的现场感和现实感，强调诗人的承担和介入。质言之，诗歌与现实或者词与物的关系被重置了。这大体又回到了苏格拉底的那句名言“未经审视的生活不值一过”。耐人寻味的是，诗歌的先知、教徒、烈士，诗歌的游民、民间歌手、市侩和暴徒在这一时期同时登场。有人试图打开先知之门，有人则在闹市的酒肆高声喧哗，追求语言的密码和拒绝隐喻彼此不为所动，对诗歌心脏的敲击和媚俗煽情的世故同时现身。在这样一个整体性丧失的时代如果试图重新建立起长诗的秩序，通过文本重塑社会现实和精神自我，那么诗人要更为艰难。长诗的写作转向也由此发生。比如西川所一直追求的“偏离诗歌的诗歌”和“内在质地的悖论和破碎”，显然是对抒情主义和叙事性诗歌的双重拨正，从而完成“人道的诗”“容留的诗”和“不洁的诗”（《答鲍夏兰、鲁索四问》）。以西川为代表所产生的长诗连锁反应是，诗人通过碎片来对抗碎片，通过整体的反讽和矛盾来对抗油滑和龃龉，通过反诗来完成诗歌，而风格学上则出现了文体的模糊、暧昧、庞杂、糅合、异质、僭越、分裂、歧义甚至混乱。

大国写作、精神幻象、百科全书的查阅者、纵横家的学识渊博而油滑的舌头、对话性的精神共时体、乌托邦的残余、少数民族的基因思维、偏重于史的思维方式、反讽的精神碎片等等，也很可能成为廉价的思想的余唾，缺乏历史尺度的泛滥失控的个人生活史——稗史、异闻、民族风俗画、贩运现实的二手货、奇思妙想的超级链接、油滑的愤世主义者、架空了血肉之躯的宏大历史的吹鼓手、个人欲望的陈词滥调。

尤其是后现代性的观念艺术、装置和行为艺术以装饰性的媚俗的政治波普、本能欲望和碎片拼贴的方式进一步大面积地进入长诗文本。既然长诗不再是传统叙事，含情脉脉浅吟低唱的浪漫主义传统业已中断，天鹅绝唱般的行吟诗人的隐遁，景致、庄正、典雅的诗歌之翁已经破碎，悲剧性精神被世故的戏剧所取代，那么还有什么是可靠和有效的呢？这对读者多年来的阅读惯性和既有的诗歌趣味产生了巨大的颠覆。

甚至我们还必须认识到很多长诗是在急迫的妄想症和文学史野心的驱使下仓促产生的，更多属于半成品和次品，而有的所谓长诗也只是欺人蒙世般地把系列短诗拼凑在一起而已。我说了这么多长诗的是与非，无非是为了提醒诗人们写作长诗要谨慎，而在我的阅读视野中一些诗人甚至不乏优秀的诗人并不适合写作长诗，或者说他们尽管已经在业内被认可但是并不具备写作长诗的能力。尤其是在“个体诗歌”写作已经失控的时代，长诗可能会给整个生态带来一定的转机。九十年代以来，随着时代转捩、诗人的精神突变以及诗歌的内在转型，个体在诗歌中得到前所未有的凸显与强化，这在当时自然有其重要的社会学和诗学的双重意义。而近年来，诗人却越来越滥用了个人经验，自得、自恋、自嗨。个人成为圭臬，整体性不复存在，取而代之的是一个个新鲜的碎片。个人比拼的时代正在降临，千高原和块茎成为一个个诗人的个体目标，整体性、精神代际和思想谱系被取代。无论诗人为此做出的是“加法”还是“加法”，是同向而行还是另辟蹊径，这恰恰是在突出了个体风格的同时而缺失了对新诗传统的构建。问题是，很难有一个诗人能够在真正意义上成为一个时代文学的总体表征，汉语诗歌却迫切期待着总体性诗人的出现。

诗人无论是写作长诗还是一般的诗章，必然要面对的是：说出的与未说出的、可说的与不可说的、可复述的与不可复述的。

实际上，精神层面的获救是很多写作长诗的诗人普遍具有的一个心理基础和写作的内驱力，但这还远远不够，因为单靠比拼精神或者智性在这个时代也是一个巨大的难题。与此同时，诗人在写作长诗的时候还必须完成语言和修辞层面的获救，亦即求得“获救之舌”。这既是从精神、直觉到语言和修辞的探询，也是一种精神意志和写作意志的双重获启。这也是一次次面对深渊的过程，是艰厉的精神导引。

在时代的转捩点上这是一个被时代强行锯开“裁成两半”的诗人。他必须经受时代烈火的焚烧，忍受灰烬的冰冷。火焰、灰烬、血液、头颅、死亡、骨头、泪水、心脏、乌托邦在这一特殊情势下的诗歌中反复现身。这一体验和想象在陈超的长诗《青铜墓地》中得以最为淋漓尽致地凸显。

这是一首直接参与和见证了一个时代死亡和重生之诗。当那么多的死亡的风暴、血液的流淌、内心的撕裂与转世重生一同呈现的时候，高蹈、义愤、沉痛、悲鸣的内心必须在历史语境和个人精神中还原。当陈超在黑夜中擎举着荆棘的火焰走向大川的突然凹陷处，这正是光明与地狱的较量，是被撕裂的一代人与那个黑暗的时代的撕扯。《青铜墓地》是一首失败之诗，也是一首胜利之诗。诗中涉及的历史是失败和耻辱的，而知识分子的灵魂却最终取得了胜利。因为陈超了然于一句真理——向上的路和向下的路实际上是同一条路。当他不断向下向黑暗深处掘进的时候，他正在维持无限向上的精神维度，二者是合一的。实际上在八九十年代的转捩点上陈超的很多诗歌都凸显了这种高蹈、向上又不断探向内心深处和时代黑暗处的精神方向。此后陈超又多次强调了但丁《神曲》的重要性，“《神曲》之所以成为几代诗人精神的元素、方向的标准，就在于它背负地狱而又高高在上的隐语世界；它简明的结构却足以囊括生命的全部沧桑！而在危险的生存向‘下’吸的黑色涡流里，诗歌就充任了向‘上’拔的力量”。在向上与向下的精神撕扯中，在时代前与后的转捩点上，人和诗都必将遭受大火和暴雪的洗礼。时间摧毁肉体，语言则给诗人带来永生。终点也可能正是起点，尤其对于那些文字和精神得以永生的人而言更是如此，我想到的是艾略特《四个四重奏》里诗句的鸣响——“我们将不停止探索 / 而我们所有探索的终点 / 将是到达我们出发的地方 / 并且是生平第一遭知道这地方。/ 当世间的终极犹待发现的时候 / 穿过那未知的，回忆的大门 / 就是过去曾经是我们的起点”。在此情势下，1999 年马新朝完成的 64 节（此结构是否对应于《易经》？）1800 行的长诗《幻河》则是一般意义上正统的长诗类型中不多的成功之作，是现代史诗的回光返照式的精神样本。与此同时，对整体的社会情势的回应，对现实主体的介入和现场的及物性的冲动又使得晚近时期的长诗写作具有个人历史化的特征。而无论是“碎片化”的文本还是“现实性”的文本，都要面对一个诗歌内部的问题，即如何将装饰性的语言和象征性的语言转换为实体语言。尤其是在精神失去象征物的实体时代，诗歌与现场或者“词与物”的关系再次呈现显豁纠结的整体问题。这种悖论式的写作方式很容易让写作长诗的诗人产生分裂感，往往在诗歌内部和诗歌之外（尤其是诗人所处的当下和历史的关系）顾此失彼，尤其是令人炫目而惊异的多层次的社会现实结构和庞大全息信息时代个体的碎片化体验。

我在越来越多的汉语诗人这里听到了杜甫的回声。

杜甫不只是古诗和现代诗的传统，更是汉语的传统，西川、肖开愚、黄灿然、梁晓明、陈先发、沈浩波、廖伟棠、周瑟瑟、彭志强等很多诗人都曾经在诗歌的瑟瑟“秋天”中与老杜甫重新相遇。孙文波更是不断高呼“杜甫就是新诗的传统”。暮年的杜甫在夔州的瑟瑟秋风中遥望长安自叹命运多舛，他道出的是“丛菊两开他日泪，孤舟一系故园心。寒衣处处催刀尺，白帝城高急暮砧”。由杜甫的《秋兴八首》让我们必然会注意到近年来的“陈九章”现象——陈先发的《九章》。

《九章》这种总体性的复合文本的写作方式往往会引起与同时代诗人类似写作方向的比较，比如臧棣的“入门”“丛书”“协会”以及孙文波的“山水诗”等等。但是陈先发《九章》的特殊之处正在于其每一组诗的相互关联的连环构成，而非诗作长度和量的无效堆积，似乎比拼组诗和长诗的长度时代似乎正在来临。《九章》系列诗作的独特结构值得重视，九首诗成为一个结构而非组合和叠加。质言之，《九章》系列在结构方面呈现的是有机体，各个部分彼此支撑、相互补充、互为你我——正如无形的金色蜂巢（里尔克）或双重火焰（帕斯）。这对于当下无限拉长的有量无质的组诗和长诗写作是一个有力的提醒，更多诗作缺乏的正是构架能力和整体意识。

值得注意的是当代诗人的长诗中出现的自然之物显然已经不是类似于王维、韦应物等古代诗人的“雨中山果落，灯下草虫鸣”“空山松子落，幽人应未眠”的古典性封闭和内循环的时间性结构。自然、文化、心性更多处于“隐身”和“退守”的晦隐状态，或者说这些物象和景观处于“残简”“虚词”“负词”的位置。因为现代性的水电站、焚尸炉、机器的内脏取消了古典的流水以及那份安然淡然的“诗心”，毁损了如此众多的“诗意”。显然这与“现代性”景观对“古典性”风物的全面僭越有关。这是自我辨认，也是现代性的诘问。对现代性的理解，无论你是一个拥趸，还是一个怀疑论者，你都必须正视现代性作为一种生活的存在。我想到强调“见证诗学”的切斯瓦夫·米沃什的诗句："专注，仿佛事物刹那间就被记忆改变。/ 坐在大车上，他回望，以便尽可能地保存。/ 这意味着他知道在某个最后时刻需要干什么，/ 他终于可以用碎片谱写一个完美的时刻。"

今年 3 月 1 日，欧阳江河先生将刚刚在 2 月 28 日定稿的长诗《埃及行星》（共二十章）通过微信发给了我。这首最新出炉的长诗仍然典型性地体现了诗人在历史化的精神想象力（精神考古学和思想对位）以及词语想象力两个维度上的突出表现，这也是多年来欧阳江河对智力机巧和修辞技巧的超级迷恋，"出埃及的路上，一道死后目光 / 落在一大群未归远人的身上 / 众法老，唤醒同一只黄金大鸟 / 过往年代有如一个飞翔的黑洞 / 将木乃伊身上的众声喧哗 / 深深吸入，用以供养鹰的缄默 / 暮晚时分，大地像一朵莲花 / 高耸的圆屋顶很快将沉入暗夜 / 远处的棕榈树也将被石棺文覆盖 / 更远处的大海，漫过鹰翅和万卷书 / 与金字塔顶的幽深目光齐平 / 这不是人类固有的目光 / 这是从另一个行星投来的目光 / 没有这道目光，鹰眼也就没有海水 / 鹰的游历，紧贴在光的脊椎骨上 / 光的速度慢下来，以待黑暗跟上"。由此我想到的则是几十年来欧阳江河在不同时期所贡献出来的代表性的长诗文本，而长诗写作也成为展现一个诗人综合才能的绝好平台。无论是计划经济时代，还是市场经济时代，还是到了 CBD 的消费时代以及科技爆炸时代，欧阳江河都会拿出比较具有代表性的长诗文本，比如《悬棺》《快餐馆》《玻璃工厂》《咖啡馆》《关于市场经济的虚构笔记》《傍晚穿过广场》《泰姬陵之泪》《黄山谷的豹》以及《凤凰》《看敬亭山的 21 种方式》《四环笔记》《老男孩之歌》《祖柯蒂之秋》《自媒体时代的诗语碎片》《宿墨与量子男孩》等等。这些文本对于考察那个时代同样具有社会学意义上的价值，尽管从诗歌内部的构成和机制以及某种写作惯性来看其中会存在着问题。

90 年代后期尤其是新世纪以来的长诗写作，除了仍然具有极其差异性的写作面貌和精神内里之外，一种值得注意的现象则是新一轮的家园乡愁、乡土母题和现代性的审判（诗歌成为招魂的挽歌、哀歌），民意化的社会调查写作，对民生话语和道德话语的重新倚重，回应现实、关注底层和诗人成为时代"目击者"的呼声更是一浪高过一浪，更多的诗人正在成为新一轮的"现实主义者"——迎接，批判，痛击，厉声呵斥。一部分诗歌正在成为公共化的衍生品，诗歌的伦理性诉求也必将受到强烈的质疑。正像欧阳江河所说的"这并非一个抒情的时代""草莓只是从牙齿到肉体的一种速度，/ 哦，永不复归的旧梦，/ 谁将听到我无限怜悯的哀歌？"（组诗《最后的幻象》）在现代性高速列车呼啸的碾压中浪漫主义和抒情诗的年代成为碎片远去了，"在海子躺卧的轨道上，我看见了一辆巨大的机车，穿过黑暗的时代，驶向最遥远的过去。这是浪漫主义的机车，奔行在西方和东方两条铁轨上。它掠过 20 世纪 30 年代的小罗曼蒂克者的匆忙身影，掠过郭沫若和李金发的脆弱书卷，把我载回安徒生、雪莱和惠特曼的岁月。在北欧阴郁而寒冷的车站，安徒生的容貌明亮地浮现了。”（朱大可）现代性的风景和后现代型的碎片正搅拌在一起，连带其上的还有个人精神隐喻话语类型面对着口语、叙事、戏剧性和现实新闻冲击的无力感、无着体验的反复。这是从隐喻—象征体系日常—事态结构的转换。在欧阳江河看来当下的长诗写作最需要抵制的就是媒体语言和消费化阅读（包括语言消费），显然这是一种反消费的美学诉求，“我的长诗不可能只是机智，包含了大量的笨、深奥，这是我刻意为之的。长诗写作对我来说也是一种折磨和笨。长诗写作是对抗语言变成纯粹消费、狂欢对象，对抗的有效方式，这是我语言抱负的一部分。我的问题意识、我的立场、我的生存、我的思考变成镜像折射到长诗，写得艰难、固执、不讨好——我要承受种种说法，要使长诗成为这个时代使用中文的人智力生活的一种高处不胜寒的东西，至少不被消费，哪怕没人碰它也没关系。我提供了这样一种可能性。”巨大的城市之胃也使得诗人的写作口味和旨趣大相径庭，物质化的欲望、精神的游荡、新世纪的冲动和世纪末的绝望彼此交织。

悖论咬合的文本，是一个个稳定性的结构被不断拆毁撕扯的过程。但是，诗人又必须在此过程中建立起一个精神性的底座。那么这一精神性底座在哪里呢？沉思、疑问、沉默、黑暗、忏悔所回环往复浇筑成的就是孤独的精神底座。铁链一样的铮铮作响的疑问在长诗中不断抖动，与此同时类似于舞台剧里黑暗一角时高时低的男性声音一直与此相伴。自白、自审、自问、自省、自虐所构成的就是内心的大火和灰烬的搅拌。这必然是一个个精神症候的文本——执拗、坚持、寻找、漂泊，危险与引导，理想与世俗的博弈……当这些复杂的而维度向上的关键词作为精神艰难的延伸，吁求、渴望、坚忍、自问、盘诘、彷徨、寻找就充满了空前的张力与冲突。对诗歌的敬畏和勇敢的承担使得他能够享有长久的亮光。那在黑夜中执着闪亮的雕刀，正如星光照亮了卑微的阴影。

任何人都不可能回到过去，回到灯下的黄纸，回到信笺的桌前，甚至这种折返的冲动在新技术、新时代看来是“不合时宜”的举动。但是，也必须有人站出来对曾经的生活方式做出一种精神上的回应。这是带有“最后性质”的“回光返照”式的挽歌，因为其所叙述的在今天这样一个“维新”的时代难寻踪迹。这是纸上建筑，似乎可以战胜一切，又似乎片刻可成时代的齑粉。更像是一个人在和另一个时代以及过去的自我握手告别。无须多说了。在精神档案和现实履历中一个诗人在黑夜中完成的是一部黑暗传。它已经在你的耳畔响起，似有似无，这需要有人站出来倾听和作证。

在诗歌活动化、媒介化成为常态的今天，在诗歌写作人口难以计数的今天，诗人如何写作、如何维持写作的难度和精神深度是常说不衰的问题。在这个溃散莫名而又自我极其膨胀的年代，能够旷日持久地坚持精神难度和写作难度的诗人实属罕见。

一定程度上长诗可以作为一个时期诗歌创作的综合性指标，尤其是在“个体诗歌”和碎片化写作近乎失控的时代正需要重建诗歌的整体感和方向性，需要诗歌精神立法者的出现。

刚刚过去的2018年就是长诗创作的丰收之年，代表性的比如吉狄马加《大河——献给黄河》、于坚《沙滩》《大象十章》、欧阳江河《宿墨与量子男孩》、雷平阳《送流水》《吴哥窟游记》《图书馆路上的遗产》《湖畔诗章》、叶舟《敦煌纪》、胡弦《沉香》、海男《幻生书》、沈苇《德清散章》、梁晓明《卧龙岗》、王家新《安魂曲》、王单单《镇雄诗篇》、蒋浩《喜剧》、沉河《黄梅诗意》、谷禾《白纸黑字》、龚学敏《三星堆》、江雪《小镇诗人》、郑小琼《水湾》、黑陶《在阁楼独听万物密语——布鲁诺舒尔茨诗篇》、吕约《外公的诊所》、三子《堪舆师之诗》、金铃子《立春书》、冰逸《废墟的十二种哲学》、李郁葱《潴野泽》、任白《情诗与备忘录》、吴春山《灵魂笔记》等等。

尤其是刊发在《作家》第10期上的欧阳江河的《宿墨与量子男孩》（共计25节）引发的写作话题和社会学话题会更多。在科技炸裂以及人工智能化的AI时代我们的生活方式、现实结构甚至包括未来都发生着巨变，很多科幻文学都试图对此做出个人化的想象和精神回应。“这个仪器算不得成熟，许多方面还在实验阶段。白天光线太亮或是夜晚过于漆黑，效果都不大好。最佳时间点是黎明和黄昏之际，在那样的柔光中，会有着以假乱真的成像效果。因此，我如果黄昏时分正好到家，或是清晨早起，我就会打开仪器，看着祖父缓慢而又坚定地走出来又走回去，跟他扯上几句家常。如果这时打开GPS地图，就会在屏幕上一次又一次看见祖父。那是影像的影像，但依然清晰。”（王威廉《地图里的祖父》）而在此过程中诗人却是整体缺席的，很多诗人及其诗歌沉浸于极其窄化的个人经验而又自得不已。欧阳江河的长诗《宿墨与量子男孩》处理的是近乎抽象的“科学”命题，而诗人对此完成精神对位并不断深入探问的过程体现了一个当下诗人介入现实的能力以及对未来时间和可能的想象力和理解力。与此同时，这首枝蔓纵生的长诗即使对于专业读者来说也是一次不小的挑战。陈亚平从历史序列、语言特质和内部构成等方面的阐释给予该诗高度评价，“根据诗人思想和诗化彼此混合的模型，作品中大量使用片段性、空间化的板块型句群，不流畅性、极端古汉语、自创气韵、语音和节奏不对称、追求事物瞬间印象、语境和词境飘忽朦胧的技术形式，表现处处互不相连又相隔很近，但结构上没有后现代主义的整体碎片性，也没有新古典派的逻辑诗意。诗每一句都在扮演，被古今连着的有机性所伪装过的构句角色，好像专门要展示最跨界的敏感点为己任”（《新一代长诗：诗化和思艺的古今相接——

欧阳江河后期诗歌的深层重构》)。

2019年开端又有《人民文学》《钟山》《作家》《作品》《青春》《滇池》《边疆文学》等综合性文学刊物推出了数位诗人的最新长诗。其中刘年的《摩托车赋》颇值一读，既是近年来刘年“在路上”的见证又是一个诗人精神能力的显影。

2019年第1期《青春》刊发了于坚的长诗《莫斯科札记》并附有韩东的导读文字，“于坚是继北岛之后现代汉语最重要和卓越的诗人，北岛是先行者，于坚是集大成。早年，于坚以先锋姿态示人，其写作实践影响了一代人或几代人。近年来于坚写作的体量日趋庞大，内容丰富庞杂，可谓气象万千……其形式意蕴亦有全新变化。于坚敢于自我否定和自始至终的探索精神对后来者而言是一个激励，也是一份礼物。”于坚的这首最新长诗的开头让我想到了他当年的另一首长诗《飞行》，表述现代人在飞行器的工具理性中的平面化感受，而区别在于《莫斯科札记》再次体现了于坚强烈的个人化的历史想象力以及个人化历史的全景展现。一代人甚至几代人的日常生活和精神生活与历史、现实之间的复杂关系被深度描写般地推送到我们面前，“那一年我们用三轮车搬家 / 从里仁巷搬到了东风西路 / 苏联人设计的小房子　厕所在一楼”。这与《尚义街六号》《罗家生》有着内质的历史谱系，这也是于坚对自己几十年写作的一次致敬和总结。

《滇池》2019年第1期则刊发了海男长诗《夜间诗》。这是一个夜间漫游的歌者，且一身黑衣，“那个身穿白色长袍的幽灵一定是自己前世的影子”。她擅长编织术，但一生都在反复编织着一个语言荆棘的花冠。她也试图砍凿一个橡树独木舟去远行。黑夜，注定了时间和体验、情绪都是低郁、黑色调的，正如海男递给自己的黑色钢笔和“黑色的日记”——她的梦书却是绚烂至极。黑，是时间之伤、女性之伤和想象之伤。这是一个在诗歌空间里反复徘徊、出走、逃离、奔跑、游离、溢出、不安的女性——“一个人死了但仍在梦中逃亡”“我的一生是逃亡的一生”“我的一生，是一个身穿裙子逃亡的历程”。白日梦替代了白天和尘世。那么，一次次逃亡和出离，她是否寻得了宁静的时刻？这是解读海男诗歌的一个必经之途。在长诗《夜间诗》的第39部分，海男将精神出逃的过程推向了戏剧化的高潮。三次出逃的叙事，具体而又抽象的人生三个阶段（黎明、人生的正午、人生的下午）以及精神隐喻的“手提箱”，都高密度而又紧张地呈现了女性成长仪式的代价。尤其是叙事和抒情、自白和呈现、经验与想象的平衡使得这一精神履历足够代表女性精神的内里。“母”与“女”在出逃之路上的影像叠加和精神互现，反复出现的车站、车厢、柳条箱、书籍、经书，这一切交织在一起所扭结的正是一个女性的“情感教育”和精神成长仪式的不安旅程。出逃就是要摆脱成为“终生的囚徒”和“永恒的囚徒”，寻得一把打开自由的钥匙，其出逃的终点自然是灵魂的安栖寓居之所，“逃离了高速公路，再进入村庄果园再进入一座古刹 / 再进入一间小屋，灵魂便安顿下来”。值得提及的是，箱子（手提箱）在海男的人生经历和写作经验中占有着重要的位置（比如她的小说、散文、自传和诗歌中反复出现的皮箱，比如诗歌《火车站的手提箱》）——移动、迁徙、漂泊、出走、游离、漫游、未定、不安。26 岁的海男和 19 岁的妹妹海惠的充满了青春期幻想和冲动的黄河远足以及对《简爱》《呼啸山庄》的疯狂阅读，都必然导致了女性的精神漫游以及在此过程中的自我成长和情感教育。

《钟山》2019 年第 1 期发表了胡弦的长诗《蝴蝶》以及周伦佑的《春秋诗篇》（七首）。

胡弦的诗歌话语方式对当下汉语诗歌写作具有某种启示性。诗人一方面不断以诗歌来表达自己对世界的发现与认知（来路），另一方面作为生命个体又希望能有一个诗意的场所来安置自己的内心与灵魂（去处）。这一来一往两个方面恰好形成了光影声色的繁复交响或者变形的镜像，也让我们想到一个诗人的感叹“世事沧桑话鸟鸣”。各种来路的声色显示了世界如此的不同以及个体体验的差异性。但是，问题恰恰是这种体验的差异性、日常经验以及写作经验在当下时代已经变得空前贫乏。是的，这是一个经验贫乏的时代，而胡弦的启示性正与此有关。无论是一个静观默想的诗人还是恣意张狂的诗人，如何在别的诗人已经蹚过的河水里再次发现隐秘不宣的垫脚石？更多的情况则是，你总会发现你并非是在发现和创造一种事物或者情感、经验，而往往是在互文的意义上复述和语义循环——甚至有时变得像原地打转一样毫无意义。这在成熟性的诗人那里会变得更为焦虑，一首诗的意义在哪里？一首诗和另一首诗有区别吗？由此，诗人的“持续性写作”就会变得如此不可预期。胡弦则在诗中自道：“比起完整的东西，我更相信碎片。怀揣 / 一颗反复出发的心，我敲过所有事物的门。”而每次和胡弦见面的时候，他都会谈到近期在写作遇到的一些问题——在我的诗人朋友中每次见面谈诗的已经愈来愈少——正在寻找解决的方法等等，比如他近年来一直在尝试的“小长诗”的写作（《蝴蝶》《沉香》《劈柴》《葱茏》《冬天的阅读》等）。流行的说法是每一片树叶的正面和反面都已经被诗人和植物学家反复掂量和书写过了。那么，未被命名的事物还存在吗？诗人如何能继续在惯性写作和电光石火的瞬间予以新的发现甚至更进一步地拓殖？不可避免的是诗人必须接受经验栅栏甚至特殊历史和现实语境的限囿，因为无论是对于日常生活还是个人化的历史想象力和修辞能力而言，个体的限制都十分醒目。当在终极意义上以“诗歌中的诗歌”来衡量诗人品质的时候，我们必然而如此发问——当代汉语诗人的“白鹭”呢？胡弦给出了自己的答案，“具体到我自己，年岁虽已不小，但总觉得现在的写作像一种练习，是在为将来的某个写作做准备。我希望把创作的力量保持到暮年”。是的，从精神视野以及持续创作能力而言，诗人应该是一个能够预支晚景和暮年写作的特异群类，就像瓦雷里一样终于得以眺望澄明。

周伦佑的《春秋诗篇》完成于 2017 年 10 月至 2018 年 2 月，通过与老子、庄子、孔子、墨子、孟子、韩非子的精神对话以及诸子时代的“春秋精神”、哲学思想以及悲剧命运体现了一个当代诗人与历史化传统之间的深入互动和对话关系。周伦佑如此描述写作该组诗的初衷：“在世界史学界，一般把古希腊视为人类文化和精神的黄金时代。其实，我们根系的汉文化也有自己辉煌的黄金时代，这就是先秦时期的诸子百家时代。但除了学术研究之外，很少有现代作家——特别是现代诗人深入这个领域，以诗性之笔表现这个黄金时代中那些伟大的本源性思想家的悲剧命运，以及他们在与命运对话中所创造的影响中国几千年的哲学思想。这组《春秋诗篇》，就是试图通过挖掘那个黄金时代中那些本源性思想家个人命运的某个片段或思想的某个侧面，以呈现‘诸子横议’‘百家争鸣’的那个伟大的黄金时代的黄金之诗——当然，这其中也涵括笔者对诸子哲学独具一格的诗性解读。这是现代诗在这个题材领域的第一次尝试，也是对当代诗歌中那种唯‘西方价值尺度’是从的‘翻译体写作’的反拨。”（《春秋诗篇》写作札记）值得注意的诗这七首诗《太阴的奥义——老子〈道德经〉的隐喻诗学解读》《庄周被蝴蝶梦见——读〈庄子〉破译“庄周梦蝶”千古迷思》《帝王师的哀荣——孔子晚年行迹考》《侠者的隐遁——读〈墨子〉想墨者的任侠精神》《涵养天爵——仰首天境读〈孟子〉》《诸子终结者之死——韩非之死的前言后记》《春秋有诗——从诸子时代读“春秋精神”》的注释多达八十三个，这不仅体现了一个当代诗人的知识和学养也在另一种向度上体现了传统精神资源的博大精深。

值得注意的倒是诗歌中的“宏大象征物”以及空间结构的变化，比如公共空间、私人空间以及介于公共和私人之间的过渡性空间。包括沈浩波，他在写《蝴蝶》的时候说偶然在洗手间看到了一幅关于蝴蝶的画。这是一个刺激物，也是宏大或历史性的象征物，只不过在当下的体现更为日常化罢了。沈浩波的《蝴蝶》出版时在勒口处写道：“里程碑意义上的史诗。”《蝴蝶》是一个诗人的精神成长史和一代人的“家族”寓言。诗中不断出现的“母亲”“父亲”“祖父”“妻子”和“儿子”等家族谱系是诗人借以对畸形的、不正常的生存语境和现实存在的一种融入了个人化历史想象力的符号性象征和诗歌精神推进的寓言。尤其值得注意的是沈浩波的诗歌文本中的由“儿子”“我”“父亲”“祖父”所构成的循环的“父系”形象。而这个循环的家族系统在沈浩波这里构成了一种可怕而宿命性的难以挣脱的巨大力量，相互焦灼、相互排斥又难以挣脱和剥离的胶着。在伊格尔顿看来“父亲”是政治与国家权力的化身，而在沈浩波这里“父亲”还没有被提升或夸大到政治甚至国家的象征体系上，而是更为真切地与个体的生存体验甚至现实世界直接关联。诗人与“父亲”以及以“父亲”为象征的关系是尴尬、焦灼和拉锯式的状态。这是一口黑黢黢的深井，既想回到本真性的亲切又不能不面对强大的血统、伦理乃至文化上的巨大差异、隔膜和逆反，甚至还有挑战。

众神不在，往日已逝，孤独却胜于以往。如果一首长诗能够搁置那些庞大而虚假的命题，能够维持个体存在和主体性的疑问，这就是诗歌的胜利。以文字为马远游的人也必将生活在烟熏火燎的俗世。面朝大海般的远方就是愿景，可内心即是茫茫陈渊，二者本来就是一体。

无论长诗的成就如何，无论百年新诗遭受到多种非议和诘问，我们在越来越碎片化的时代期待的正是“大诗”（并非指涉篇幅的大小）以及总体性方向诗人的出现。

“高耸的圆顶很快将沉入暗夜”出自欧阳江河刚刚完成的长诗《埃及行星》。在一个个时间的脆片中，人和历史都是瞬间的化身，而真正伟大的诗歌“圆顶”如何能够不被时间的暗夜所淹没就成了诗人必须面对的诗学难题了。

图书在版编目（CIP）数据

汉诗·我们生来就迎风招展 / 张执浩主编. -- 武汉 : 长江文艺出版社, 2019.11

ISBN 978-7-5702-1298-9

Ⅰ. ①汉… Ⅱ. ①张… Ⅲ. ①诗集－中国－当代 Ⅳ. ①I227

中国版本图书馆CIP数据核字（2019）第247359号

责任编辑：谈　骁　　责任校对：毛　娟

封面设计：祁泽娟　　责任印制：邱　莉　王光兴

出版：长江出版传媒　长江文艺出版社

地址：武汉市雄楚大街268号　　邮编：430070

发行：长江文艺出版社

http://www.cjlap.com

印刷：武汉新鸿业印务有限公司

开本：720毫米×1020毫米　1/16　印张：19

版次：2019年11月第1版　2019年11月第1次印刷

行数：9300行

定价：36.00元